Eurydice Reinert Cend

L'impérissable quête

M'aimeras-tu ?
(Premier volume de la collection)

EURYUNIVERSE ÉDITIONS

Biographie

Eurydice Reinert Cend, née Capo-chichi, vit le jour au Bénin en 1969.

Elle obtint son baccalauréat à New-York où elle séjourna pendant 3 ans et réside en France depuis 1991.

Mariée et mère de trois enfants, l'auteur s'adonne entièrement à l'éducation de ceux-ci ainsi qu'à l'écriture.

Titulaire d'une maîtrise en Business Management et d'un DESS en Communication Multimédia, elle écrit depuis l'âge de quatorze ans et explore divers genres littéraires dont la poésie, le conte, la nouvelle, le roman et l'essai…

Membre des associations littéraires suivantes : **CEPAL, Association des auteurs francophones**

Voir le site Internet de l'auteur :
http://euryuniverse.wix.com/euryuniverse
pour plus d'information.

Du même auteur :

Chez le même éditeur :

- *Baudelaire est mort, vive le poète*, (livret d'opéra), Euryuniverse éditions, 2012

- *Maman, comme un doux chant*, (recueil de poèmes), 2012

- *Pourquoi moi ?* (roman), 2011

- *Sous le baobab, écoute* : Contes et légendes d'Afrique Vol.1, 2010

- *L'impérissable quête Vol.2 : L'héritage de Yohanan*, (roman), 2010

- *L'impérissable quête Vol.1 : M'aimeras-tu ?* (roman), 2010

- *Le droit d'aimer*, (roman), décembre 2008

- *Parfums d'éternité*, (recueil de poèmes), novembre 2007

- *Elle, Ode à la femme et à l'amour*, octobre 2007

novembre 2007

- *N'ayons pas peur*, (essai spirituel), octobre 2007

- *Contes d'aujourd'hui et de toujours*, novembre 2007

- *La vie en poésie*, (recueil de poèmes pour la jeunesse), novembre 2007, réédité en novembre 2009

- *Renaissance dans le CHRIST*, (témoignage), 2006

- *Les chansons d'Eurydice*, (recueil de poèmes), 2006

- *L'œil*, (recueil de poèmes), 2005

- *Pépé Reinert, un centenaire visionnaire*, (biographie), 2003

- *L'abécédaire de l'Amour pour Elle*, (guide relationnel), novembre 2009

- *L'abécédaire de l'Amour pour Lui*, (guide relationnel), novembre 2009

http://euryuniverse.wix.com/euryuniverse

Remerciements

Un grand Merci à Martine et à Gérard Moreau qui m'ont soutenue et encouragée de façon formidable, grâce à leurs judicieuses suggestions et à leur apport appréciable en ce qui concerne les corrections utiles à l'achèvement de cet ouvrage.

Un grand Merci au très talentueux artiste-peintre Jonathan Schlemer pour sa belle réalisation qui illustre majestueusement Sarah, l'héroïne de ce roman, avec intelligence, sensibilité et panache, d'après la description que je lui en ai faite ! Jonathan a su interpréter l'idéal de ***"l'éternel féminin"*** que j'espérais voir transparaître à travers ce portrait avec sa sublime ***"Sainte Esméralda"***. Il s'agit par conséquent d'une œuvre essentielle que je vous laisse découvrir et admirer sur la première de couverture, d'autant plus qu'elle est née d'une collaboration fructueuse dans le but de donner corps au principal personnage féminin de cet ouvrage. Mes hommages donc, Maestro !!!

Je remercie très sincèrement Marc et Mireille Cuckier qui m'ont éclairée en ce qui concerne le contexte culturel et historique des personnages.

Je n'oublie pas de remercier cette autre personne qui m'a aidée de façon remarquable en ce qui concerne les précisions d'ordre historique ou géographique, mais qui préfère rester dans l'ombre ! Je pense qu'elle se reconnaîtra !

Je remercie également tous ceux qui m'ont toujours soutenue et encouragée dans la voie de l'écriture : Anne-Laurence et Yoric Truelle, Françoise et Gilbert Capy, Nicole Steininger, Laurence Henry, Christiane et Robert Igel, Stéphanie et Norbert Campagna, Corine Bernard, Nathalie et Frédéric Guichard, Christiane et Gérard Legendre, Patrice Picart, Christèle Didier, etc., et tous les lecteurs qui apprécient mes écrits et viennent régulièrement m'encourager lors des séances de dédicaces au cours desquelles l'échange devient possible… Merci à tous du fond du cœur !

Je remercie enfin chaque lecteur, chaque lectrice qui voudra se plonger dans les pages de ce roman afin d'en saisir la substance, la teneur et les impressions, tout en s'appropriant cet écrit à sa juste valeur, en espérant que chacun puisse en ressortir le sourire aux lèvres.

Bien amicalement,
Eurydice Reinert Cend

Avant - propos

« Que serions-nous sans amour ?
Une terre stérile sans ferment
Un air futile sans écho dans le vent
Une faim inassouvie toujours ! »
Eurydice Reinert Cend

La vie est une chose merveilleuse qui imprime un sceau singulier dans chaque être qu'elle habite. Cependant tout être humain se retrouve inévitablement, un jour ou l'autre, devant le choix décisif qui fera basculer son existence dans un sens ou dans l'autre.

Jonathan et Sarah nous ont précédés sur les chemins de la vie, y laissant de belles empreintes dont ils sont pavés depuis, afin que nous aussi nous puissions nous inspirer de la richesse de leur passage.

Voici donc leur histoire qui émerge des profondeurs sablonneuses de l'immense désert, portée par le souffle complice des vents d'Orient, d'Occident, du Septentrion et du Sud, pour venir caresser les oreilles des braves humains qui aiment se repaître du passé afin de mieux envisager le futur !

L'amour est ce pont qui permet à deux êtres de se rejoindre indéfiniment, au-delà de toute dimension imaginable, par la force cumulée de leurs deux esprits en une même volonté d'avancer ensemble et, qui tiendra toujours malgré tout, tant que subsistera de part et d'autre l'envie de tendre vers l'autre, au nom de l'amour.

Caché derrière un sycomore plus d'une fois centenaire, Un jeune homme épie un groupe de jeunes filles qui jouent et dansent en se tenant par la main, les cheveux au vent, la joie au cœur. Dans le pré étendu attenant au champ d'orge dans lequel elles ont été engagées pour la saison des moissons, devant le campement établi pour les femmes, ces filles se détendent après une longue journée de dur labeur. Leurs rires cristallins et revigorants éclatent dans l'écho de la plaine, par-dessus l'herbe sèche chauffée et blondie par les puissants rayons du soleil, puis s'envolent dans la belle clarté du jour déjà déclinant, emportés par le vent à travers monts et vallées.

Tantôt elles forment des rondes dont elles finissent par rompre le cercle en se rejoignant toutes au centre pour taper dans leurs mains, au-dessus de leurs têtes ; l'instant d'après l'une des jeunes filles pourchasse les autres en vue de désigner celle qui se retrouvera bientôt au centre du cercle et vers laquelle toutes devront converger par la suite.

L'une d'entre elles, celle qui était déjà au centre du jeu, munie d'un foulard rouge désigne sa suivante en réussissant à attraper celle-ci au milieu de la cohue. Elle lui passe alors le foulard autour du cou, reprend sa place au milieu des autres, et le jeu se poursuit avec celle qui se fera bientôt confesser par le groupe. Dans ce jeu de vérité juvénile, somme toute puérile, la personne qui se retrouve au centre est dite amoureuse et doit répondre aux questions de ses consœurs en ce qui concerne son présumé amoureux.

En ces temps reculés, sous ces lointaines latitudes de Judée, souvent soumises à des conditions de vie des plus rudes, les distractions sont rares et seule une imagination sans cesse renouvelée permet aux plus jeunes de s'épanouir au travers du jeu.

À l'écart de la réalité, pourtant toujours tangible et pressante, ils se frayent un chemin, fidèles à cette jeunesse qui les anime d'une formidable énergie vitale qu'il faut canaliser, profitant de la moindre occasion pour se divertir. Néanmoins, tous, ou presque, plongent très tôt dans la vie active, dès qu'ils sont jugés suffisamment grands pour contribuer à l'effort commun en vue de préserver la survie familiale, chacun dans la mesure de ses moyens.

Dès l'âge de sept ans, les filles secondent déjà leur mère au foyer et les garçons, apprentis par la force des choses, accompagnent naturellement le père dans l'accomplissement de son métier. La maîtrise des arts et métiers se transmet ainsi de père en fils ou au parent de sexe mâle le plus proche du détenteur des connaissances pratiques vitales, souvent ancestrales. Ces jeunes filles observées en catimini par le jeune homme se trouvant derrière l'arbre profitent, apparemment, d'un moment de répit fort appréciable afin de s'accorder un temps de jeu bien mérité.

L'une d'elles, une jeune fille d'une beauté prodigieuse, vient d'intégrer le centre du fameux cercle, sous les hourras répétés de ses camarades. Toutefois, instinctivement, les autres adoptent rapidement une attitude de défi davantage motivée par la jalousie et par l'envie que par le jeu. Visiblement, certaines la toisent d'un méprisant regard en coin, leurs mains bien campées sur leurs hanches ; d'autres l'observent comme si elle était une intruse ou font mine de l'ignorer, tout bonnement. Mal à l'aise, la belle créature ainsi considérée s'évertue pourtant de satisfaire leur curiosité, bien qu'elle n'ait rien de véritablement croustillant à servir à leur appétit affûté.

« Ne mens pas, Sarah, sinon tu iras en enfer ! Maintenant, dis-nous vraiment qui est ton amoureux ? », la tance aussitôt l'une des filles, sur un ton impérieux.

- Mais je ne mens pas ! Je vous assure que je n'ai pas d'amoureux ! répond vainement la dénommée Sarah, ennuyée de n'avoir d'autre réponse à leur fournir.

- Une belle fille comme toi ! Mon œil, s'exclame à son tour une autre, en posant ses mains sur ses hanches afin de bien lui signifier qu'elle n'était pas dupe. Pendant ce temps, la plupart d'entre elles dévorent Sarah des yeux d'un air envieux, tandis que certaines lui lancent un regard mauvais avec des mimiques dédaigneuses.

Il faut dire que l'objet de toute cette hargne est d'une beauté époustouflante et que, nombre de ses consœurs pleurent de rage en cachette parfois, lorsqu'elles se retrouvent seules, maudissant le sort qui cumula tant de grâces en une seule et même créature. Elles se disent alors qu'elles se seraient bien contentées du dixième des attributs de cette veinarde, tout en réalisant encore qu'elles en étaient loin. Seules une amertume écumante et une terrible sensation d'insatisfaction, issues de la grande frustration résultant d'un tel constat, viennent alors en réponse à ces effroyables moments d'auto-humiliation.

Mieux valait donc, pour Sarah, ne pas donner de l'eau au moulin déjà bien actif de la rancœur de ses semblables dont le mal-être perçait de façon évidente à travers une attitude plutôt revancharde.

- Vous savez, je ne sors guère de chez moi, sans oublier que je suis très souvent occupée à aider ma mère, aussi bien dans les tâches domestiques que pour la fabrication des paniers qu'elle part vendre au marché.

Je n'ai vraiment pas le temps de rêvasser à un amoureux, les filles.

- Tu veux dire qu'aucun des beaux garçons d'ici ne s'est encore empressé pour te faire la cour ?

- C'est exactement ce que j'essaie de vous dire !

- Hum…marmonne alors, déçue, celle qui avait démarré l'interrogatoire un peu plus tôt, avant de poursuivre :

- Tu n'as pas l'air de mentir ! Recommençons la chasse, il nous faut quelqu'un qui ait des choses à dire, elle ! Le cercle se disloque aussitôt, sur ces mots, puis le jeu recommence. Tout autour d'elles, l'immense champ d'orge mûre s'étale, telle une mer blonde mugissante, au gré d'un vent d'Est provenant du désert. Quelques oiseaux migrateurs, profitant de l'aubaine, courent après les restes de graines alors éparses sur les surfaces déjà moissonnées.

Pendant tout ce temps, le jeune homme derrière le sycomore observe toute la scène et écoute tout ce qui se dit, d'un air très intéressé. Il les regarde jouer pendant quelques instants encore, jusqu'à ce qu'il aperçoive son père, chargé d'un fût apparemment bien trop lourd pour lui, et sorte de sa cachette pour se précipiter à sa rencontre. En passant à côté des filles, il ne peut s'empêcher de regarder une dernière fois encore celle qu'il ne quitte plus des yeux, depuis quelque temps, dès qu'il en a l'opportunité. Mais leurs regards se croisent, soudain, et la jeune fille baisse prestement le sien, puis le jeune homme détourne la tête et poursuit son chemin, avant de paraître suspect aux yeux de tous.

Cette année-là, ce grand gaillard tout droit sorti de l'adolescence mais déjà en âge de prendre femme, répéta ce même manège autant de fois qu'il le put, jusqu'à ce que tout le personnel saisonnier s'en aille et qu'il ne puisse plus se repaître en cachette de la beauté renversante, du rire cristallin et de la voix chantonnante de la remarquable Sarah ! Nous sommes en Judée, en l'an 49 après J.-C.

L'homme s'appelle Jonathan ben Yacov et il est issu de la lignée de Benjamin[1]. Robuste et de grande taille, il a un visage plutôt quelconque et seuls ses grands yeux bruns, qui semblent lui manger la figure, interpellent de prime abord ceux qui croisent son chemin et s'arrêtent sur sa personne. Travailleur assidu, Jonathan est également fidèle aux us et coutumes qui régissent la loi chez les siens, depuis la nuit des temps. Il ne s'intéressait pas particulièrement aux filles, jusqu'à ce qu'il posât un jour le regard sur Sarah. Il n'en crut alors pas ses yeux, tant la beauté de cette fille dépassait de loin tout ce qu'il avait vu, connu ou pensait connaître auparavant.

---

[1] Benjamin est le père de l'une des douze tribus d'Israël

C'était par un beau matin d'été, à l'heure où le soleil brille de tous ses feux, revêtant tout d'une magnificence quasi irréelle. Une chaleur pénétrante accaparait alors les êtres, leur rappelant le pouvoir de l'astre du jour sur chacun des aspects de leur vie. C'est alors qu'il la vit, éblouissante dans la lumière du jour, telle une précieuse rose naissante dont les pétales s'étalent à la vue, de toutes parts, au milieu du beau champ d'orge bien mûre de ses parents. Elle était alors occupée à charger une charrette d'une part de la moisson du matin et ne l'avait pas remarqué tout de suite. Ce ne fut que lorsqu'il trébucha et manqua piteusement de se rompre le cou, malencontreusement, roulant à la suite du tonneau qu'il transportait, qu'elle se détourna de ses occupations et s'aperçut de sa présence. Absolument absorbé par l'étonnant spectacle qui se déployait soudainement sous yeux, Jonathan avait butté contre une grosse pierre qui se trouvait un peu en travers du chemin et, qu'habituellement, il évitait systématiquement. Il se rattrapa de justesse et tenta de minimiser les dégâts, autant qu'il le pût, sans se blesser.

Le tonneau de bois s'était échappé de ses mains pour atterrir quelques mètres plus loin, en contrebas du chemin légèrement pentu. C'est alors que Sarah, alertée par le tintamarre occasionné par cette chute, se précipita à la rencontre du jeune homme après avoir réalisé ce qui se passait. Elle s'approcha rapidement de lui, inquiète et désireuse de s'assurer que ce dernier ne s'était pas fait mal. Une fois à sa hauteur, alors qu'elle avançait la main pour le soutenir pendant qu'il tentait de se remettre sur pieds, le regard de la jeune fille accrocha le sien, tel un aimant puissamment attiré par le contact d'une charge de force contraire.

A cet instant précis, complètement déstabilisé, tant par l'éclat que par la singulière profondeur des magnifiques yeux en amende de la jeune fille qui s'arrimèrent inévitablement aux siens sans qu'il puisse s'en détacher, Jonathan faillit tomber à la renverse, une fois de plus. D'un bleu-vert océanique, telles de véritables pierres précieuses, les prunelles de la jeune ouvrière agricole brillaient d'un feu à la fois doux et puissant qui surprenait et laissait coi plus d'un. Le jeune homme en était presque bouche bée, lorsqu'il l'entendit l'interpeller, soudain, d'une voix douce et compatissante :

- Dis, est-ce que ça va? s'enquit-elle alors, brisant soudainement le charme. La voix douce et mélodieuse de la jeune fille le ramena aussitôt à la réalité et, déconcerté, il dut écarquiller les yeux avant d'émerger de sa rêverie pour lui répondre en fin :

- Oui, tout va bien ! Je te remercie d'être venue à la rescousse. Je m'appelle Jonathan.

- Moi, c'est Sarah ! J'espère que ça ira ?

- Ne t'en fait donc pas pour moi ; je ne me suis pas blessé, ayant pu éviter de me cogner contre ce rocher.

- Bien ! En ce cas, je retourne travailler. Au revoir Jonathan.

- Au revoir, Sarah ! Ainsi se séparèrent-ils ce jour-là, après un échange des plus brefs.

Cependant, parce que dans chaque regard se trouve une âme prédestinée qui nous interpelle, le jeune homme sut dès lors qu'il venait de rencontrer celle par qui sa propre existence se révèlerait, plus tard, dans toute sa plénitude. La jeune ouvrière, bien que troublée par la présence de ce gaillard qui semblait encore étourdi par cette chute dont il se sortait finalement plutôt bien avait, quant à elle, dissimulé son propre émoi derrière un sourire de circonstance un peu maladroit. Elle avait reconnu Jonathan comme étant le fils des manants propriétaires des terres sur lesquelles elle œuvrait, l'ayant déjà aperçu de loin plus d'une fois, ayant souvent entendu ses camarades s'extasier sur la chance qu'aurait celle qui en deviendrait un jour l'épouse. Toutefois, elle ne l'avait jamais vu d'assez près auparavant pour en juger. La jeune fille trouva donc ce jeune homme de bonne famille apparemment bien bâti, bien que d'apparence plutôt ordinaire. Elle fut surtout troublée par l'intensité de son regard d'un noir si profond, qu'il semblait littéralement pénétrer chaque recoin, chaque parcelle de son âme, sans grande peine.

Sarah travaillait alors au milieu de ses consœurs à la récolte de l'orge qu'elles recueillaient puis dépouillaient de la paille, avant de l'entreposer dans les énormes jarres du grenier de la plantation de Yacov, après que les hommes en eurent fauché les épis. Jonathan, bouleversé par la beauté renversante de Sarah en avait été comme foudroyé, au point qu'il s'était immobilisé sur le champ afin de l'observer à loisir, dès la première fois qu'il la vit. Ce fut alors qu'il trébucha, par inadvertance, trop occupé à admirer cette merveille de la Nature pour faire attention au reste. Chaque jour depuis, tant que dura la période des moissons, il s'arrangea pour observer la jeune fille à la dérobée dès qu'il en avait l'occasion. L'image de celle-ci se mit donc à troubler ses rêves depuis ce premier jour où il s'était aventuré à découvrir son existence et, depuis lors, plus une parcelle de son esprit n'échappait à la pensée d'elle, sans cesse imposante.

Jonathan, d'habitude réservé et davantage préoccupé par le travail des champs et par l'organisation générale de tous les aspects y afférant que par les filles, se retrouva, pour ainsi dire, ensorcelé par Sarah. Cette créature qu'on ne pouvait décemment croiser sans se retourner pour l'admirer, encore et encore, hantait désormais ses songes les plus secrets. Comme tant d'autres avant lui, il croyait rêver et, seule la présence palpable de la jeune femme dont il se repaissait alors, inlassablement, suffisait à le persuader du contraire.

« Comment une telle chose était-elle possible », se demandait-il alors, en considérant l'attrait irrésistible qu'exerçait sur lui toute la personne de Sarah. Elle semblait le posséder corps et âme, bien qu'ils ne se furent adressés la parole qu'une fois, de façon assez brève. C'était d'ailleurs la première fois qu'il se rendait compte de l'existence d'une personne d'une beauté si stupéfiante, qu'on la croirait surréelle ! Car, à moins de s'en être approchée pour l'entendre s'exprimer de sa voix claire et mélodieuse qui mettait devant l'irréfutable évidence qu'il s'agissait bien d'une créature de chair et de sang, et non une idole rêvée, adulée et sans cesse métamorphosable à souhait, on en douterait!

Sarah était, à n'en point douter, une jeune fille incroyablement belle ! Elle était tout simplement resplendissante et, même la rudesse des travaux champêtres, n'avait pas pu altérer la délicatesse de sa nature douce et mystérieuse. Jonathan en était tombé follement amoureux dès le premier regard, depuis que leurs yeux se sont croisés pour la première fois, par hasard, alors qu'elle s'attelait à la moisson de l'orge dans le champ des parents du jeune homme, par une belle journée d'été. Elles étaient une quarantaine de femmes recrutées pour la saison et s'activaient inlassablement, du lever du soleil jusqu'à la tombée de la nuit, dans la vaste plantation familiale de Yacov, deux semaines durant. Dès que l'orge était mûre et que le patriarche en avait ainsi attesté, après en avoir goûté quelques graines, prélevées sur des épis aux quatre coins du champ, on faisait appel aux mains douces et habiles des femmes. Celles-ci recueillaient alors, avec soin, le fruit des longs mois de labeur consentis auparavant par les travailleurs agricoles du sexe mâle.

Sous le rigoureux soleil de Judée, qui dardait ses puissants rayons au point de faire suer hommes et bêtes en permanence, elles passaient derrière les hommes, après que ceux-ci eurent fauché de belles brassées d'épis. Leur rémunération ne représentait que la moitié de ce que percevaient les hommes, mais elles s'activaient de façon consciencieuse, selon une organisation bien rôdée. Les plus âgées d'entre elles ramassaient l'orge, que les plus jeunes transportaient jusqu'au point de traitement où le grain était alors séparé de la paille par d'autres. Par roulement, elles se répartissaient les tâches, de sorte que nulle ne puisse trouver le travail trop rébarbatif. Le revenu d'appoint, ainsi dûment gagné, irait opportunément rejoindre la cagnotte familiale, en vue de prévenir certains aléas de la vie.

Le père de Jonathan ayant constaté l'émoi de son fils pour cette belle ouvrière, entreprit des recherches la concernant. Il découvrit bientôt que leurs deux familles étaient issues d'une même lignée, dans la mesure où, un grand oncle commun les unissait, en remontant trois ou quatre générations en arrière. Il conseilla donc à son fils de se manifester auprès de celle qui la troublait tant, depuis leur rencontre fortuite, qu'il avait du mal à se consacrer à toute autre chose avec sa sérénité habituelle.

Conformément au conseil paternel, Jonathan déclara rapidement sa flamme à Sarah par un beau soir de l'année suivante, lorsqu'elle vint à nouveau moissonner au milieu d'autres. Alors qu'elle était assise, seule, au pied d'un jujubier et jouait à propulser, loin devant, un caillou rond hors du cercle qu'elle venait de tracer devant elle du bout d'un bâton qu'elle tenait fermement en main, il s'approcha d'elle, la salua poliment et lui demanda, de but en blanc, d'une voix légèrement tremblotante : « Sarah, veux-tu m'épouser ? » Un silence pesant et pétrifiant s'installa soudainement entre eux, l'espace d'un instant, tandis que la jeune fille réfléchissait à toute allure et tentait vainement de trouver au fond de sa mémoire une réponse pouvant convenir à cette requête à laquelle elle n'était guère préparée. Une colombe se posa habilement sur l'une des branches de l'arbre sous lequel se tenaient ces jeunes gens, aussi malhabiles l'un que l'autre, dans ce moment de vie qui promet autant le meilleur que le pire et dont nul n'aurait pu vraiment prédire l'issue finale, sans prétention.

« Heu…je n'en sais trop rien, Jonathan ! » marmonna finalement Sarah, mal à l'aise et prise au dépourvu par une telle démarche de la part de celui dont la présence la troublait étrangement, mais, dont elle savait également peu de choses, en réalité. Son cœur se mit alors à battre la chamade et sa respiration se fit plus pressante, incontrôlable, comme sous l'impulsion d'une énergie trop vive qu'elle avait peine à contenir. Manifestement, la jeune fille, peu habituée aux usages des jeunes gens de son âge en matière de relations amoureuses, se trouvait décontenancée par l'approche tout aussi maladroite de son prétendant. Aussi, dût-elle par la suite demander conseil à sa mère, qui moissonnait également avec elle cette année-là, afin d'y voir plus clair.

Le soir suivant, après le repas pris en commun avec les autres femmes, Sarah et sa mère allèrent se promener un peu aux alentours du champ, comme à l'accoutumée, avant de se coucher. Elles profitaient souvent de cette occasion pour se retrouver toutes les deux, afin de partager un moment d'intimité, malgré la promiscuité quasi permanente qui régnait dans les tentes que se partageaient parfois cinq ou six femmes de familles différentes.

« - Ima[2], comment as-tu rencontré Papa ? se hasarda alors à demander Sarah, d'une voix d'où perçait un certain embarras, malgré ses efforts pour paraître naturelle.

- Ma fille, j'ai rencontré ton père qui nous a quittés bien trop tôt, paix à son âme, alors que mes parents et moi étions en visite

---

[2] Ima : maman, en hébreu

chez des cousins éloignés. Ton père m'a alors trouvée à son goût et, par l'entremise de nos deux familles, nous nous sommes revus deux ou trois fois avant de nous mariés, avec l'accord des nôtres. Aglaé, la mère de Sarah se tut l'espace d'un instant, qui sembla néanmoins avoir duré une éternité et un silence presque palpable suivit soudainement ses propos. Pourtant, elle ne s'était accordée qu'un bref moment de mûre réflexion qu'elle se hâta d'écourter, avant qu'il ne s'en suive une gêne regrettable, pour s'adresser à sa fille de nouveau:

- Sarah, ma fille, dis-moi donc sans détour ce qui te préoccupe actuellement. Je te promets en retour de t'éclairer en toute sincérité comme se doit de le faire une mère envers sa fille, dans ses moments de doute ou d'interrogation ! Serais-tu par hasard troublée par la présence d'un jeune homme ? lui demanda-t-elle pour finir, sans la regarder tout à fait dans les yeux. En évitant de forcer sa fille à soutenir son regard, la mère permettait à celle-ci de prendre le temps de trouver les mots nécessaires en vue de répondre à cette question plutôt embarrassante, sans se sentir acculée ni prise au piège.

- Ima, un certain Jonathan semble s'intéresser à moi depuis peu, mais je ne sais pas trop quoi dire ni comment réagir lorsqu'il s'adresse à moi et essaye de me courtiser.

- Est-ce qu'il te plaît, ce jeune-homme, Sarah ?

- Je n'en sais trop rien, mais je pense que oui. Il semble plutôt gentil et aussi maladroit que moi, ce qui me rassure un peu. Toutefois, à mon âge, Ima, suis-je seulement assez mûre pour ces choses-là ?

- Si ce jeune homme te plaît véritablement, ma fille, reste naturelle, et ne te pose pas tant de questions. Tant qu'il observe les convenances et ne cherche pas à te berner, tout va bien. Tu es déjà en âge de te marier, ma chère enfant ! De toute façon, ses parents se manifesteront auprès de nous, bien assez tôt, si ses intentions à ton égard sont véritablement sincères et louables. », conclut alors la mère, de façon confiante.

Entre temps, Aglaé avait eu le temps d'identifier le dénommé Jonathan comme étant le fils aîné des propriétaires des champs dans lesquelles sa fille, comme elle, était employée depuis quelques années de façon saisonnière. Aussi, ne manqua-t-elle pas de rassurer Sarah à propos de celui-ci, dès qu'elle en eût l'occasion, peu de temps avant qu'elles ne retournent chez elles.

« Si ton beau-père est d'accord, je n'y vois pas d'inconvénient. Il me semble que celui dont tu parles soit un bon garçon, travailleur et aimable, de surcroît ! Par ailleurs, sa famille et la nôtre sont liées grâce à un ancêtre commun, ce qui devrait faciliter les choses. J'en parlerai à ton "père" dès notre retour, ma fille, et il ne devrait pas y avoir de problème ! »

Effectivement, environ un mois
après la fin des moissons, les parents de Jonathan allèrent trouver ceux de Sarah et par-
lementèrent durant toute un après-midi. Ils
échangèrent beaucoup autour des liens fami-
liaux qui les unissaient et les visiteurs finirent par faire part à leurs hôtes de l'objet de
leur visite : leur fils Jonathan souhaitait demander la main de Sarah, l'unique fille de
ceux-ci.

- Shalom, mon frère; shalom, ma
sœur! Que la paix soit toujours sur votre
demeure ! salua poliment le couple qui vient
d'être introduit et installé dans la salle
commune de la demeure familiale.

- Shalom, mes amis, shalom ! Soyez
les bienvenus chez nous et que la paix soit
également sur vous !

Aglaé, la mère de Sarah servit à boire
aux nouveaux venus, puis pris place sur une
natte à son tour à côté de son époux.

- Nos deux clans sont de la tribu de
Benjamin et nous sommes de ce fait liés par
un ancêtre commun. Nous venons donc à

vous en paix, aujourd'hui, en faveur de ce lien qui nous unis!

- C'est bien vrai, soyez les bienvenus ! acquiescèrent alors en chœur Aglaé et son mari, reconnaissant la vérité des propos qu'ils venaient d'entendre.

- Notre famille, tout comme la vôtre, est installée à Béthel depuis plusieurs générations et jouit d'une excellente réputation, comme chacun peut en témoigner…

- Bien entendu, votre respectabilité n'est plus à prouver. Ma femme et ma fille ont d'ailleurs œuvré à plusieurs reprises dans vos champs, et elles en sont toujours revenues satisfaites, ajouta le chef de famille, reconnaissant ainsi qu'il savait très bien qui étaient ses interlocuteurs et signifiant par là que la chose était entendue.

Ils parlèrent alors de la pluie comme du beau temps ; de leur époque et de ses travers ; puis en arrivèrent à la conclusion que, fort heureusement, une bonne partie de la jeunesse était prête à prendre la relève, à leur suite, en suivant les traces de ses aînés. C'est seulement alors, après qu'ils aient longuement devisé de choses et d'autres que

Yacov, le père de Jonathan prit à nouveau la parole et annonça :

- Chers amis, si nous sommes venus à vous, aujourd'hui, c'est en réalité de la part de notre fils Jonathan, qui souhaiterait prendre pour épouse votre fille Sarah !

- Hum hum… ! émit le beau-père de la jeune fille dont il était question et qui lui tenait lieu de père depuis la mort du sien. Un silence de circonstance s'écoula, puis le père de Jonathan s'enquit :

- Voyez-vous un inconvénient à ce que nos deux enfants s'unissent selon la tradition de nos ancêtres ?

- Nous n'y voyons aucun inconvénient et serions heureux de bénir une telle union. Soyez bénis, de même que votre maison et tous ceux que vous avez en affection, répondit enfin le tuteur légal de Sarah à leurs aimables visiteurs.

- Nous émettons alors le vœu qu'ils soient tous deux unis peu de temps avant la prochaine fête des Huttes[3], c'est-à-dire avant

____

[3] Fête des Huttes ou fête des moissons qui avait lieu le quinzième jour du septième mois relatif au calendrier hébraïque, dans un premier temps, avant d'être reporté par la suite au

la fin de l'année suivante, si cela vous convient également.

- Votre choix est le nôtre et, si Dieu le veut, nous devrions avoir la joie de voir nos deux familles réjouies par cette union prometteuse, dans les délais impartis.

La visite se poursuivit encore pendant un bon moment et la conversation s'accentua davantage sur les connaissances des uns et des autres concernant les liens de parenté qui unissaient les deux familles en présence, avant que les parents de Jonathan ne prennent congé de leurs hôtes.

---

quinzième jour du premier mois. Voir (Lévitique 23 ; 34) Lors de la célébration de cette fête les Hébreux demeuraient huit jours durant sous des huttes de branchages en commémoration à la période d'exil du peuple Juif dans le désert.

Dès lors Jonathan et Sarah se mirent à se fréquenter de temps à autres, toujours en présence d'un tiers, selon la coutume juive. Ils purent se voir et s'apprécier de la sorte, jour après jour, jusqu'à ce que la jeune fille tombât malade, six mois plus tard, et refusât de voir quiconque en dehors des siens.

Ainsi, quelques mois avant la célébration de leurs noces, Sarah se mit tristement à vivre telle une recluse et ne voulut plus se montrer en public ni recevoir de visite. Elle, habituellement si douce et si gaie, était devenue bien distante depuis. La jeune fille refusait continuellement de voir les gens de l'extérieur, y compris son fiancé, sans que celui-ci ne sût vraiment qu'elle en était la raison. Toutefois, ne désespérant pas de l'attitude soudainement froide et désobligeante de la jeune fille à son égard, Jonathan persista à prendre de ses nouvelles auprès de ses frères ou de sa mère, sans relâche.

Néanmoins, il obtenait bien souvent la même réponse : « Sarah est toujours malade. Elle est encore bien trop fatiguée pour recevoir de la visite… » Jonathan repartait chez lui, dès lors, triste et misérable comme tout, se sentant de surcroît absolument incapable de venir en aide à l'élue de son cœur, faute de savoir ce dont elle souffrait véritablement.

Cette parenthèse s'étendit donc sur six bons mois durant lesquels le jeune fiancé se mourrait de ne savoir que faire pour que sa bien-aimée accepte de le voir à nouveau. Jonathan se posait alors mille et une questions, sans réponse, et se demandait inévitablement s'il était à l'origine du mal dont souffrait Sarah et, si oui, ce qu'il avait bien pu faire pour provoquer en elle un tel mal-être.

Le jeune homme se sentait d'autant plus malheureux qu'il ne pouvait plus se repaître de cette douceur ni de cette luminosité solaire qui émanait des belles prunelles de Sarah avec une telle intensité qu'elle en irradiait tout son être de façon magique, si unique !

Jonathan n'avait plus goût à rien et peinait véritablement à faire montre de cette belle ardeur à l'ouvrage qui le caractérisait au point d'en faire un émule aux yeux des ouvriers de son père. En effet, nul ne s'aventurait à négliger la bonne conduite des travaux qui lui incombaient, sous peine de se voir comparer au très remarquable Jonathan, capable d'abattre à lui seul une somme de travail revenant à deux hommes, sans rechigner ni se prévaloir de ses privilèges en tant que fils de la maison.

Toutefois, l'humeur grise et l'esprit bien las de ne pouvoir comprendre l'inexplicable, le brave paysan combattait son désarroi en redoublant d'ardeur au travail, afin de ne pas se laisser submerger par la mélancolie. Parfois, le soir venu, lorsqu'il n'avait rien d'autre à faire, Jonathan trainait près de la clôture de la maison familiale dans laquelle se terrait Sarah, dans l'espoir de l'apercevoir. Une fois ou deux, il l'aperçut de loin traversant la cour afin de se rendre dans l'espace protégé par une haie de roseaux tressés qui y tenait lieu de salle d'eau, probablement, en vue d'y faire ses ablutions. Mais le pauvre fiancé délaissé n'entrevoyait alors qu'une ombre voilée qui se trainait, péniblement, d'un point à l'autre de l'habitation, plus qu'elle ne marchait. Il s'en allait donc, plus que jamais inquiet et ne parvenait à survivre, jour après jour, malgré tout, loin de celle qui était devenue sa sève vitale, qu'en s'investissant davantage dans ses tâches quotidiennes, tout en entretenant l'espoir de la revoir bientôt, à nouveau.

Cependant, bien malgré elle, Sarah portait depuis quelque temps un secret bien lourd et si pesant pour ses frêles épaules, qu'elle se demandait souvent, elle-même, comment elle parvenait à vivre avec un tel fardeau, sans y succomber. La jeune fille pleurait à longueur de journée et, n'eut-ce été sa foi en un Dieu secourable et miséricordieux qui prenait soin des affligés, elle se serait volontiers donné la mort, plus d'une fois, afin de mettre fin à l'horrible supplice qui la taraudait nuit et jour et l'empêchait d'être en paix.

Mais, voilà que Jonathan ben Yacov s'était mis en tête de l'épouser coûte que coûte, malgré la persistance de la jeune ouvrière à le décourager d'une telle aventure. L'échéance de la célébration de leur union approchait inévitablement, sans qu'elle puisse se soustraire à sa requête irréfutable, puisqu'il était son cousin le plus proche et que, selon la tradition juive, il pouvait effectivement faire office de prétendant privilé-

gié. Bien qu'elle éprouvât une réelle atti-
rance pour le jeune homme, depuis quelques
mois, Sarah se souciait bien peu des affaires
de ce monde et encore moins de celles du
cœur qui, pensait-elle, ne feraient
qu'accélérer sa chute.

La pauvre fille ne mangeait plus, sinon très peu ; dormait à peine, si ce n'était
pour se réveiller tremblotante et en sueur,
terrorisée par d'horribles cauchemars, depuis qu'une terrible abomination l'avait
frappée et réduite au silence, mille fois
maudit, qui alimentait continuellement sa
propre honte.

Dans l'un de ses cauchemars les plus
récurrents, qu'elle redoutait tant, un homme
sans visage la pourchassait au milieu d'une
foule de gens, sans que personne ne
s'avance et ne vienne prendre sa défense.
Nul n'essayait d'aller la secourir, comme si
nul ne se rendait compte ni du danger qui la
menaçait ni du drame qui risquait de
s'accomplir sous leurs yeux.

Pourtant, cet homme à l'allure de géant la poursuivait de façon impitoyable en hurlant et en ricanant : « Sarah, ma belle et précieuse Sarah, tu sais que tu ne m'échapperas pas… », tout en faisant tournoyer au-dessus de sa tête l'énorme sabre qu'il brandissait alors de façon terrifiante. L'inconnu, tout de noir vêtu, arborait une longue cape qui trainait à terre, loin derrière lui, et qui semblait voler à chaque pas de course qu'il faisait et qui le rapprochait de sa proie.

Sarah parvenait finalement à se réveiller dans un brusque sursaut, tremblotante, suffocante et ayant beaucoup de mal à retrouver son souffle, alors que le géant s'apprêtait à s'emparer d'elle. Elle revenait finalement à elle au moment précis où, l'homme sans visage lui semblait alors si près de l'atteindre, qu'elle sentait déjà son souffle rance et fétide courir sur sa nuque et s'aventurer le long de son échine, tandis que son sabre luisant et acéré brassait l'air au-dessus de sa tête, de façon vile et malsaine, avant qu'elle ne se réveille.

Seule sa beauté inaltérable lui donnait encore quelque allure, alors que sa bonne humeur coutumière s'en était allée, la laissant vide et apeurée, telle une ombre errante attendant l'inéluctable plongeon vers l'abîme abyssal qui semblait encore lui tendre les bras, ironique.

« — *Mais pourquoi pleure-t-elle ? Elle, beauté parfaite,*
   Qui mettrait à ses pieds le genre humain vaincu,
   Quel mal mystérieux ronge son flanc d'athlète ?
   — Elle pleure, insensé, parce qu'elle a vécu !
   Et parce qu'elle vit ! Mais ce qu'elle déplore
   Surtout, ce qui la fait frémir jusqu'aux genoux,
   C'est que demain, hélas ! Il faudra vivre encore !
   Demain. Après-demain et toujours !
— *Comme nous !* »

Charles Baudelaire, « *Les fleurs du mal* »

Il fallait qu'elle trouve le moyen de dissuader Jonathan d'aller jusqu'au bout de sa requête, se disait tristement Sarah, au comble du désespoir. Elle devait absolument le convaincre de renoncer à elle, si elle ne voulait se retrouver désavouée en public, sous la coupe du mépris, des injures et de l'insoutenable violence contenue dans ces regards si terrifiants, qu'ils transperceraient les chairs les plus endurcies, s'ils en avaient le pouvoir.

Sarah eut soudain une idée qui l'attristait d'avance, mais qui semblait inévitable : il fallait à tous prix qu'elle parvienne à s'entretenir avec Jonathan, seule à seule. Ce qui ne serait possible que lors de la fête des récoltes qui aurait lieu le quinzième jour du mois, lorsqu'il viendrait la cherchait pour aller danser en présence d'un chaperon, probablement l'un de ses frères. Ce dernier serait alors bien trop occupé par les festivités pour pouvoir les épier de façon continuelle !

La jeune fille était pressée par le temps et taraudée par toutes les incertitudes contenues dans un futur proche qu'elle ne pouvait ni prévoir ni maîtriser. Elle se sentait alors comme une pauvre feuille, ballotée par le souffle puissant d'un vent ravageur, perdue, à la dérive !

Un soir de pleine lune, alors que tout Béthel festoie à la fin des récoltes et que les chants d'allégresse fusent des gorges déployées des chanteurs, tout particulièrement dévoués à exacerber l'atmosphère féérique qui règne dans les environs grâce à leurs talents lyriques, Jonathan et Sarah se tiennent à l'écart de la foule. Une brise légère fait son entrée et les caresse de son doux souffle comme pour les inviter à une belle détente. Sous un vieux figuier dont nul ne se souvient du nombre d'années, ils se parlent à bâtons rompus, de façon timide et réservée. Sarah, essaie d'alimenter la conversation du mieux qu'elle peut, mais peine à dissimuler son embarras à Jonathan qui finit par lui demander :

« Sarah, ma bien-aimée, que se passet-il, pourquoi es-tu si tendue, si différente depuis quelque temps ? Prise de court par cette question, alors qu'elle tourne et retourne dans sa tête depuis des jours déjà ce qu'elle souhaite lui dire, bien qu'elle ne pense pas avoir d'autre choix, la jeune fille finit par lâcher, comme si elle craint de ne plus pouvoir le faire si elle tarde trop :

- Jonathan, tu ne peux m'épouser, je ne suis pas la femme qu'il te faut ! Tu mérites bien mieux que moi ! Cette déclaration fait sursauter l'homme qui se tient debout devant elle, comme suspendu à ses lèvres, et qui s'attend à tout sauf à ça.

- Que dis-tu là, Sarah ! Ce sera toi ou personne d'autre ! lui affirme-t-il aussitôt, sûr de ses sentiments, la concernant, et nullement découragé par ces propos qui résonnent de façon étrange dans la bouche de sa fiancée.

- Tu ne comprends pas, Jonathan ! reprend péniblement Sarah, désespérée de ne pouvoir atteindre l'objectif qu'elle s'était fixée, je ne t'apporterai que malheur et désarroi. Si tu tiens véritablement à moi, oublie-moi et cherche toi une autre femme. Il y a tant de belles filles en Judée, tu en trouveras certainement une, bien mieux que moi, et elle sera plus qu'heureuse de faire ton bonheur ! Quelle jeune fille de Béthel ou des environs ne se sentirait séduite et honorée à l'idée de pouvoir être ta compagne ?

Tu dois m'oublier, Jonathan, lui enjoint-elle encore, le plus sincèrement du monde, tout en évitant son regard.

- Dois-je comprendre par là que tu ne m'aimes pas, Sarah ?

- Bien sûr que non, Jonathan ! Tu sais bien que je t'aime ! s'écrie aussitôt Sarah dans un élan de sincérité qu'elle ne peut réprimer, en levant les yeux vers les siens pour lui prouver qu'il n'en était rien, qu'elle l'aimait toujours avant de rajouter :

- C'est juste que je ne pense pas être faite pour le mariage, je ne suis bonne qu'à servir mes parents et à m'occuper de mes frères, affirme-t-elle ensuite, le regard plein d'un chagrin qu'elle ne parvient pas à dissimuler.

- Ne dis donc plus une chose pareille, Sarah. Je te l'interdis ! Je ne peux te laisser croire une telle chose, puisque je ne suis même pas digne de délasser tes sandales, moi le paysan que tu as daigné accepter pour fiancé. Aussi, je te le répète, ce sera toi ou personne, si tu m'aimes effectivement en retour comme tu le prétends ! lui répond aussitôt le jeune homme, troublé mais non ébranlé, sur un ton péremptoire.

- Jonathan, m'aimes-tu vraiment ? s'enquiert enfin, Sarah, apeurée mais néanmoins décidée à braver le cours du destin pour s'affranchir de ce qui la terrorise tant, quitte à tout perdre.

- Oui, Sarah, je t'aime vraiment, et plus encore que tu ne peux te l'imaginer. Je donnerai tout pour toi, ma vie, s'il le faut et rien ne saurait me dissuader de te prendre pour épouse conformément à mon engagement auprès de toi, ma douce et belle Sarah.

- Je voudrais néanmoins que tu saches que la mienne de vie ne vaut pas la peine qu'on se sacrifie pour elle, Jonathan ! soupire fort tristement celle qui essaie désespérément de décourager l'ardeur de son brave et aimant fiancé depuis le début de cet entretien. A ces mots, celui-ci se tait un instant, et essaie de comprendre ce qui peut bien inspirer une si piètre opinion de soi à la femme sublime et douce qui se tient devant lui. Il parvient à accrocher son regard, avec peine, car Sarah fait tout pour éviter le sien et ce qu'il y lit lui glace instantanément le sang. Une angoisse terrifiante trouble les beaux yeux verts de la jeune femme et les noie dans un puits de désarroi indescriptible. Elle se trouve au bord des larmes, malgré toutes ses tentatives pour se contenir en vue de donner le change.

- Qu'y a-t-il donc pour que tu te mettes dans un tel état, Sarah ? Que peut-il y avoir de si terrible pour que tu renonces avec une telle véhémence au bonheur conjugal auquel aspire toute jeune fille de ton âge ? Est-ce moi qui te déplais à ce point ? Serais-tu amoureuse d'un autre ? s'enquiert alors Jonathan, perplexe et, pour la première fois, véritablement inquiet.

- Non, mon cher Jonathan, tu ne me déplais pas et je ne suis amoureuse de personne d'autre ! Mais je ne peux vraiment rien te dire, sous peine de te décevoir définitivement et de me condamner par la même occasion. admet-elle alors tristement, d'une voix étranglée par les sanglots.

- Mais enfin, m'avoueras-tu enfin ce qui t'effraye à ce point, si je te promets de t'épouser, contre vents et marées, ma douce et bonne Sarah?

- Ne me détesteras-tu pas si tu découvres que je ne suis pas celle que tu crois, Jonathan ? Ne te détourneras-tu pas de moi comme on le fait d'une vulgaire chose dont on ne peut plus souffrir la vue, si tu venais à comprendre que je ne vaux plus la peine qu'on s'intéresse à moi ? M'aimeras-tu seulement encore, une fois que tu sauras la vérité ? demande à son tour la pauvre Sarah, désespérée, les yeux à présent embués de larmes et la voix tremblotante.

- Si je te déteste un seul jour à cause de ton aveu, que la foudre me frappe et que l'aigle de justice me lacère les yeux de ses griffes acérées, jusqu'à ce que mort s'en suive ! déclare promptement celui qui tente de lui témoigner à tous prix qu'elle seule compte véritablement à ses yeux, depuis qu'il la connaît, et que son amour pour elle est inconditionnel.

- Ne jure pas ainsi, Jonathan, je ne t'en voudrais pas si tu manquais à ta parole une fois que tu sauras de quoi il en retourne, et je conjure d'avance le Ciel de te défaire sur le champ de ce serment fait innocemment. Et bien, soit ! Dorénavant, quoi qu'il advienne, toi et moi serons liés ou par ce secret, ou par les conséquences qui suivront mon aveu.

- Ne crains rien, Sarah, tu peux me parler en toute confiance.

- Jonathan, ma vie t'appartiens désormais, fais-en ce que bon te semblera car peu m'importe depuis le jour où une terrible infamie sur moi s'est abattue. Je suis devenue une fille impure, depuis ce jour-là ! Une fille de rien, tu m'entends…

- Et alors…, intervient Jonathan qui ne veut croire que sa fiancée ait pu se compromettre au point d'en devenir aussi disgracieuse qu'elle le laisse entendre, toute femme est impure à un moment ou à un autre de sa vie.

- Non, Jonathan ! Moi, je suis et reste impure depuis qu'on m'a violée et enfermée dans le silence assassin auquel je suis réduite depuis plus de six mois !

- Violée ? Tu veux dire qu'un autre homme t'a touchée, que tu as connu un autre homme que moi ? balbutie péniblement l'homme qui ne se doutait nullement jusqu'alors qu'une telle chose ait pu se produire, ou qui ne pouvait alors l'envisager, tant cette vérité est cruelle et mortifiante. Comment seulement oser imaginer qu'on ait pu faire violence à la plus douce et à la plus délicieuse des créatures qu'il ait jamais vues ? Qui pourrait faire une telle chose, commettre une telle abomination ?

Mille questions se bousculent à présent dans ce cerveau sur le point d'exploser et, comme pour évacuer cette tension insupportable qui vient de remplacer la belle détermination qui y avait court un instant plus tôt, Jonathan se prend la tête entre les mains et la comprime très fort, comme s'il veut la faire exploser. Comment a-t-il pu rester aveugle à une telle tragédie, comment n'a-t-il pas pu entendre la souffrance de sa bien-aimée qui dépérissait pourtant à vue d'œil et qui avait perdu toute joie de vivre depuis des mois ?

- Un autre m'a touché en effet, mais je n'ai connu nul autre homme, en vérité, puisque je ne me suis pas donnée à lui, mais qu'il m'a… les mots s'entrechoquent au fond de la gorge de la jeune fille. Sarah suffoque littéralement en essayant d'achever sa phrase et, Jonathan se ressaisissant brutalement de son trouble à la vue de celui de Sarah qui était encore plus grand, se départ de cette colère qu'il éprouve contre lui-même et à l'encontre de celui qui a fait du tort à la plus aimable, la plus douce et belle fille qui soit. Il lui saisit donc doucement les mains et lui déclare :

- Sarah, ma chère Sarah, si l'on t'a fait violence, tu n'es donc pas coupable ! Tu n'es qu'une pauvre victime qui mérite qu'on la venge. Dis-moi donc qui t'a fait un tel affront afin que je le lave promptement, en le faisant amèrement payer pour cette abomination ?

- Selon la loi, je resterai néanmoins impure et, te livrer à la vengeance ne fera que nous condamner tous deux, puisque tu devras donner la raison de ton acte si tu ne veux être jugé comme un vil criminel. Et puis, je ne veux pas que tu punisses le coupable puisqu'il s'agit de celui qui me tient lieu de père.

- Ton père ! Ce n'est pas possible ! Comment un père peut-il faire une telle chose à sa fille ? s'exclame à nouveau Jonathan, indigné et peiné par ce qu'il vient d'apprendre. Son cœur est droit et il sait que la jeune femme ne lui raconte pas d'histoires. D'autre part, il a bien vu le changement de comportement soudain qu'elle avait adopté depuis quelque temps tout comme la maigreur cadavérique dans laquelle elle se trouve depuis. Tout cela ne témoignait-il pas également du mal-être profond qu'elle éprouvait terriblement depuis et dont il aurait dû s'apercevoir ?

- Dans un moment de pure folie, Jonathan, c'est sûrement arrivé dans un moment de pure folie, avance tristement Sarah qui essaie, malgré tout, de rendre son beau-père et oncle moins détestable qu'il ne l'était en réalité ! Mais, voyant l'incrédulité se peindre sur le visage du jeune homme qui se met à secouer la tête, ahuri et haineux à l'encontre du mécréant, elle ajoute en détournant son regard du sien.
- Un soir, alors qu'Ima était en visite chez ma grand-mère et que j'étais seule avec mon beau-père et mes frères, celui-ci me fit venir dans la chambre qu'il partage habituellement avec ma mère et se jeta sur moi, avant

même que je ne comprenne ce qui m'arrivait. Il avait les yeux brillants, exorbités et le souffle ras et haletant, tel une véritable bête incontrôlable. Puis il s'est brusquement jeté sur moi en répétant des insanités, des choses que je ne l'avais jamais entendu dire auparavant. Depuis, rien n'est plus pareil pour moi, Jonathan. Je suis devenue une ombre qui essaie de se frayer un chemin à travers l'existence pitoyable et sordide à laquelle m'a réduit cet acte horrible que j'essaie de chasser de ma mémoire, néanmoins, sans y parvenir!

Sarah se tait un instant, le temps de reprendre son souffle entre les larmes qui n'en finissent plus de couler, se répandant tellement qu'on eût cru qu'elles pourraient remplir le lit d'une rivière, et le tremblement incontrôlable qui secoue toute sa frêle personne, au point de transparaître dans sa voix à présent proche de l'extinction. Son beau visage, altéré par l'émotion et par les épreuves, à présent devenu plus que livide, est alors animé d'un désarroi si criant, qu'il en comprime le cœur et fait détester instinctivement l'objet d'un tel chagrin.

Mon beau-père n'était plus lui-même, Jonathan, il agissait comme un possédé et je me demande encore aujourd'hui s'il réalise vraiment ce qu'il m'a fait ! parvient-elle encore à murmurer, à bout de force. Un moment de silence durant lequel l'un et l'autre sont plongés dans des pensées noires et confuses s'installe. Sarah ajoute cependant ceci à l'intention de son fiancé :

- Jonathan, à présent ma vie repose entre tes mains, fais en ce que bon te semblera mais, si je devais mourir comme une paria, je préférerais que ce soit de ta main et non jetée en pâture à une foule haineuse et vindicative !

Frustré mais malgré tout conscient du terrible désespoir de celle qu'il aimait par-dessus tout le jeune homme parvient à contenir sa rage, au-delà d'un effort stupéfiant, et lui déclare enfin en lui prenant les mains et en la regardant droit dans les yeux :

- Sarah, ma douce et tendre Sarah, tu seras mon épouse et je t'aimerai de tout mon être, tant que je vivrai et saurai qui je suis, si je reviens vivant d'où je vais ! Nul ne portera plus jamais la main sur toi de façon dédaigneuse ou abusive ! Jonathan, bouleversé mais, néanmoins, fidèle à sa parole console celle qu'il aime de tout son être, de toute son âme, grâce au peu de ressource mentale qu'il lui reste sur le moment et qu'il va certainement puiser au plus profond de lui-même à cette fin.

- Mais où vas-tu donc, Jonathan ? S'inquiète aussitôt, Sarah, bouleversée et paniquée à l'idée que sa confidence ne mette désormais en péril la vie de celui qu'elle aime.

- Dans le désert, Sarah ! Dans le désert ! Autrement, je commettrai l'irréparable, n'étant plus moi-même depuis que je sais véritablement ce qui t'afflige depuis tout ce temps, sans que je n'ai pu le soupçonner ni réagir !

À cet instant, en plongeant ses yeux dans ceux de celui qui lui témoigne une affection indéfectible, Sarah sait que rien ne saurait le détourner de ce but, qu'il ne lui reste plus qu'à prier en espérant qu'il ne lui arrive malheur à cause d'elle. Soudain, prestement, comme mue par un instinct souverain, la jeune fille ôte le grand châle dont sa tête est recouverte et l'enroule autour du cou de son fiancé dont la probité défiait manifestement l'entendement du commun des mortels en lui disant :

- Prends-le avec toi, Jonathan, emporte-le avec toi ! Il t'aidera à ne pas sombrer dans le désespoir à cause de moi car, je ne supporterai pas qu'il t'arrive malheur par ma faute.

- Mais rien n'est de ta faute, voyons ! » la sermonne gentiment Jonathan, aussitôt, désireux de lui faire comprendre qu'il ne s'en allait pas à cause d'elle mais parce qu'il avait besoin de faire le vide dans son esprit ; de se reconstruire afin d'être suffisamment fort pour pouvoir l'épauler plus tard au quotidien, car un tel choc ne saurait être banalisé. Aussi, fallait-il qu'il en prenne la pleine mesure, en vue de le digérer sûrement, d'une façon ou d'une autre. Puis, Jonathan la prend dans ses bras et lui assure encore et encore qu'il lui reviendra sain et sauf, en attendant qu'elle soit suffisamment calme pour le laisser s'en aller. Toutefois, c'était comme si le temps s'était soudainement arrêté pour Jonathan et Sarah, tant le lendemain paraissait peu sûr dès lors, et tant l'existence leur semblait à présent pesante et bien lourde à supporter. Mais le temps, ce précieux temps, que représentait-il alors pour celui qui avait lâchement abusé d'elle ?

J'ai vu le jour blêmir
Et ton silence sombré dans l'abîme
du temps
À m'en faire frémir !
Et, ta joie perdue dans les interstices
du triste instant,
Se dérobe encore à ma main tendue,
À la tendresse de mon maternel
sourire !

Eurydice Reinert Cend

L'homme qui s'était arrogé un instant de veule plaisir au détriment de sa personne à elle, de son bien-être et de son avenir, que savait-il de toute cette douleur, de cette angoisse et de cette abominable honte qui ne la quittent plus ? Lui arrivait-il seulement de songer ne serait-ce qu'un seul instant au mal qu'il lui avait fait ?

Protégé par des siècles d'une tradition lui permettant de poursuivre une vie bien tranquille, à l'abri de toute inquiétude, sa parole ayant à priori plus de poids que celle de Sarah, de toutes façons, son tuteur et oncle la côtoyait encore chaque jour comme si de rien n'était.

Il se plaignait de ce que sa santé déclinait mais ne trouvait aucune réponse probante à la soudaine décrépitude dans laquelle bascula sa nièce et belle-fille, du jour au lendemain. Rien dans son comportement ne laissait supposer qu'il ait pu avoir une quelconque responsabilité dans le malheur qui accablait manifestement sa « protégée ». En bon père de famille, supposé, il continuait à régir l'existence des uns et des autres avec la force de l'autorité qui lui était acquise, sans toutefois accabler davantage Sarah qui ne pouvait plus s'investir pleinement dans les tâches ménagères qu'elle effectuait afin de soulager sa mère.

Celle-ci maudissait le sort qui la privait de l'aide précieuse de sa fille mais s'inquiétait bien davantage pour sa santé que du surplus de travail qui lui incombait alors. Elle lui concoctait toutes sortes de breuvage à base d'herbes médicinales censées guérir le mal-être et redonner la joie de vivre, puisque, à l'évidence, Sarah ne souffrait d'aucun mal physique identifiable pouvant justifier de son état d'amaigrissement soudain et prononcé.

Aglaé s'entretenait beaucoup avec sa fille le soir dans le but de l'apaiser et de la soulager un peu de cette tristesse qui habitait son cœur et que, elle, sa mère, ressentait au plus profond de ses entrailles comme si elle l'éprouvait tout autant, sans pouvoir la dissiper. Néanmoins, Sarah se refusait de se confier à sa mère, ne voulant accroître le chagrin de cette femme formidable, au grand cœur, qui consacrait toute son énergie en vue d'assurer le bien-être des siens et qui ne méritait pas d'être accablée davantage par le malheur. Celui de sa fille ne suffisait-il pas déjà au sort qui, décidément semblait s'acharner sur cette famille ?

D'abord le père, mort dans la force de l'âge, et maintenant la fille errant à travers une existence qui la voyait plus morte que vive !

Mais cette mère dévouée, d'une grande tendresse, savait que l'existence d'une jeune fille n'était pas toujours sans embûche et que, bien malheureusement, souvent, de mauvaises rencontres pouvaient venir contrefaire toute réalisation de soi comme tous les espoirs nourris avant celles-ci. Parfois, Aglaé allait simplement s'étendre sur la natte à côté de sa fille, dans l'espoir de lui communiquer un peu de sa chaleur maternelle, de lui transmettre par le biais de sa seule présence un peu de cet amour inconditionnel qu'elle éprouvait pour chacun des siens.

A la mort de son premier époux, elle s'était pliée à la loi du lévirat en acceptant de s'unir au frère de ce dernier, en secondes noces. Cependant ce mariage n'avait de sens pour elle que dans la mesure où il prémunissait ses enfants de la misère et leur conférait à tous une certaine respectabilité.

Ne valait-il pas mieux être l'épouse d'un honnête homme qu'une veuve élevant seule ses enfants et donc, une proie toute désignée pour les mécréants en tous genres ? Elle s'efforçait donc chaque jour d'être à la hauteur de ses attributions autant en tant que mère qu'en tant que femme. Néanmoins, le véritable gardien du foyer, c'était elle, Aglaé ! Elle qui comme bien des femmes veillent chaque jour au bonheur des leurs, prennent soin de chacun d'eux et sont à l'écoute de chacun avec un dévouement qui n'a besoin d'aucune canonisation pour se repaître d'un grain de sainteté. Elles, océans d'amour qui donnent la vie et veillent souvent à la préserver du pire, braves et assurément saintes depuis toujours, sans couronne ni auréole.

Oui, Aglaé était de ces femmes que seules, d'autres tout aussi aimantes, seraient capables de côtoyer dans le cœur des leurs car, portées par le don de soi toujours,

s'offrant souvent telle une eau rafraîchis-
sante ou telle une brise apaisante au cœur de
la canicule, elles sont ses mains affectueuses
et réconfortantes au cœur de la tourmente.
Et Sarah avait également hérité de la grandeur de cœur de sa merveilleuse et tendre
mère, pour son plus grand bien !

Jonathan se retire donc dans le désert de *Bet-Aven*, situé au sud de *Béthel*, sept jours durant, alors que Sarah se met à prier de toute son âme pour qu'il lui revienne corps et âme ! La jeune femme est consciente de ce qu'elle doit à cet homme doux, compréhensif et, décidément, hors du commun. Un autre que lui se serait précipité devant le Conseil des Sages et l'y aurait publiquement accusée de débauche et de forfaiture, bien qu'elle soit innocente dans cette affaire comme l'en avait assurée Jonathan.

A l'époque, la vie d'une jeune fille comme celle des femmes tenait à bien peu de choses et elles pouvaient se retrouver en bien mauvaise posture du jour au lendemain pour mauvaise conduite. En réalité, des individus aux motivations variables, plus ou moins claires, pouvaient tenter de les confondre pour mauvaises mœurs et ainsi jeter le discrédit sur leur personne, sans le moindre état d'âme. Elles en étaient donc fragilisées au regard de la loi et devaient se contenter de vivre sainement en observant les règles et en priant pour qu'aucune médisance, qu'aucun objet de honte ou de discrédit ne vienne les salir au point de mettre leur existence à mal.

Sarah pense à jeûner mais elle est déjà si affaiblie, physiquement, qu'un écart supplémentaire au niveau alimentaire risquerait de la précipiter dans la tombe. Affligée et terrifiée à l'idée de pouvoir le perdre, elle accompagne son bien-aimé de chacune de ses prières, avec une ferveur inégalable, tout en s'alimentant un peu mieux dans le but de ne pas aggraver sa santé déjà déclinante.

Sarah aimait Jonathan aussi profondément que possible. Dès leur première rencontre, elle avait été séduite par les grands yeux bruns du jeune homme qui la regardait, étrangement, comme si elle venait d'une autre planète. Bien qu'elle eût pris soin de masquer l'émoi qui s'était emparé d'elle au moment où leurs regards s'étaient croisés, en baissant candidement le sien, elle était heureuse d'avoir lu la même émotion dans les yeux de son vis-à-vis avant qu'ils ne se séparent.

Aussi, fut-ce sans surprise qu'elle apprit plus tard ses intentions des plus honorables à son égard. Sarah était alors émue et si heureuse d'apprendre que celui qui l'avait troublée dès leur première rencontre serait probablement son futur époux, qu'elle en pleurait.

Par ailleurs, le fait que Jonathan fut d'une famille de notables la flattait et lui faisait espérer un avenir bien meilleur que celui qu'elle n'avait jamais osé imaginer jusqu'alors. Elle n'était guère une jeune fille dévorée par une ambition démesurée, mais le fait d'avoir été orpheline très tôt l'avait suffisamment éprouvée pour qu'elle souhaite une existence bien plus clémente pour sa propre descendance.

A la mort de leur père, ils n'avaient plus aucun bien valable sur lequel compter, après les obsèques et le paiement des dettes accumulées lors de la période durant laquelle celui-ci était si malade, qu'il ne pouvait plus consentir au moindre effort, sans en souffrir atrocement. Et, n'eut-ce été la charité familiale et les menus travaux rémunérateurs qu'effectuait alors leur mère avant qu'elle n'épouse leur oncle, ils auraient vécu de façon bien misérable. Sarah devait avoir huit ans, à l'époque !

C'était bien trop tôt pour perdre l'un de ses parents, mais bien assez pour qu'elle se souvienne de son père aujourd'hui encore. La jeune fille se rappelle effectivement de ce père brave et discret, à l'air un peu bourru, qui parlait peu, mais dont le regard était si expressif !

Tout l'amour dont il était mû transparaissait dans ses yeux clairs et lumineux qui se posaient sur chacun des siens tel un baume de douceur qui apaise, bien au-delà de l'imaginable, les maux qu'on ose avouer d'une petite voix inquiète et mal assurée autant que ceux qu'on tait souvent, enfant, par peur de paraître idiot. Sarah savait combien leur père les avait aimés par cette façon qu'il avait de considérer chacun d'eux avec affection, mais aussi par cette façon toute particulière qu'il avait d'être à la fois discret et bienveillant.

En effet, plus d'une fois elle l'avait surpris en train d'observer l'un ou l'autre de ses frères, si ce n'était elle, avec une belle lueur de fierté et de contentement dans le regard qui ne trompe pas. Oui, son père était un être admirable que la maladie avait emporté trop tôt, comme si les meilleurs d'entre les hommes étaient plus fragiles que les autres face aux aléas de la vie.

Sarah se souvient également des beaux jours durant lesquels elle se réjouissait d'avance de la grande chance qu'elle avait de pouvoir épouser très prochainement un jeune homme aussi charmant que Jonathan.

Plus que confiante en l'avenir, depuis qu'elle savait qu'un avenir prometteur et inespéré l'attendait désormais, la belle chantait alors souvent d'un air à la fois joyeux et rêveur, tout en vaquant à ses travaux domestiques habituels. Elle rayonnait visiblement d'un éclat pur et contagieux qui exacerbait sa beauté déjà peu ordinaire et l'auréolait d'une aura souveraine et aérienne, au fil du temps.

Tous ceux qui l'approchaient s'en réjouissaient et repartaient heureux d'avoir pu se repaître de sa joie de vivre, ne serait-ce qu'un peu. Mêmes les plus envieuses de ses consœurs ne purent entacher ce bonheur naissant avec leurs sempiternelles remarques acerbes, tant il en imposait aux uns comme aux autres de façon naturelle et sans appel. Mais cette période lui semblait bien lointaine, à présent, même si en réalité elle ne remontait qu'à un peu plus de six mois.

C'était, malheureusement, bien avant la tragédie qui l'obligeait depuis quelque temps à se considérer comme un paria, une moins que rien dont plus personne ne voudrait en sachant ce qu'il lui était arrivé. Elle était soulagée du fait que Jonathan n'eut pas à douter de sa bonne foi lorsqu'elle lui révéla son malheur.

Toutefois, les jours à venir seraient tout aussi terribles à vivre que ceux qui l'avaient déjà séparé de l'homme qu'elle aimait, parce qu'elle craignait tant de le décevoir, de l'écœurer et de lire dans ses yeux l'expression du dégoût qui aurait achevé de la condamner à une mort certaine.

Non seulement Jonathan la croyait mais encore, bien au-delà de toute espérance, il la comprenait et voulait l'épauler dans cette épreuve atroce qu'elle traversait.

Jonathan marche vers le désert, après avoir récupéré une bonne couverture, un bon bâton de marche, et un petit sac de provisions. Il marche longtemps à grands pas soutenus, jusqu'à ce que toute velléité de civilisation disparaisse de sa vue. Il avance méticuleusement vers l'immense étendue de sable, traverse la région montagneuse située entre Béthel et le Jourdain, sans se soucier ni de la fatigue, ni de la chaleur accablante que fait régner autour de lui un soleil de plomb.

Une fois au cœur du désert, loin de ses semblables et de tout se qui se rattache à leur quotidien, Jonathan pose son bâton et la couverture de laine, dont il avait fait un baluchon contenant son sac de provision, au pied d'une montagne de sable, puis se met à courir droit devant lui à en perdre haleine.

Cinq cents mètres plus loin, il s'écroule, abattu et épuisé et s'accorde, bien malgré lui, un moment de répit avant de retourner à pas lents, vers le lieu où il a laissé son nécessaire vital. Il repère alors un renfoncement rocheux pouvant l'abriter des rayons incisifs du soleil et des tempêtes de sable puis, dans une cavité supérieure, place son sac de provision à l'abri du sable et des parasites, tels le fennec et les fourmis moissonneuses, à l'affût de toute opportunité

dans cette immensité désolée du monde.
Chaque jour, il prend un point de repère et
marche jusqu'à épuisement, avant de revenir
au point de refuge qu'il s'est constitué.

Ici, la vaste étendue de sable avale rapidement les pas, s'imprègne des humaines pensées comme des préoccupations les plus secrètes de ceux qui s'y aventurent, absorbant tout, tel un éternel vampire sans dent, s'empiffrant continuellement de choses et d'autres.

L'immensité environnante impose le respect, commande le recueillement intérieur qui s'installe naturellement au fil d'une marche harassante sous un soleil caniculaire, et invite l'esprit à ne se préoccuper que de l'essentiel.

Parfois celui-ci se fait piéger par le surréalisme surprenant d'un mirage qui se profile dans l'horizon incandescent et fait soudainement miroiter un paysage irréel aux yeux du voyageur trop surchauffés, alors, pour faire la part des choses. L'air minéralisé, étouffant et embrasé par une température excessivement élevée, semble vaporeux et liquéfié, sans pour autant offrir la moindre fraîcheur. L'homme se surprend parfois à vouloir tendre la main pour essayer d'en palper une pleine brassée mais, alors, il ne brasse que du vide, ses mains ne rencontrant rien de substantiel pouvant davantage distraire ses sens. Jonathan se retrouve ainsi à l'épreuve de la rude et belle expérience du désert qui enseigne l'humilité et le respect de la Nature qui, toujours, survivra à tout, d'une façon ou d'une autre, malgré nos humaines conjectures.

Dans cette région du monde, rien ne sert de courir en vain, il faut savoir prendre son mal en patience et être à l'écoute de l'immensité sablonneuse qui, seule, impose sa loi : celle par laquelle survivent les plus sages et les plus aguerris à son contact ; la même par laquelle périssent les prétentieux et autres esprits téméraires qui pensent toujours pouvoir tout dominer, tout maîtriser par leurs techniques humaines évoluées.

Les deux premiers jours, Jonathan ne mange rien, boit peu et se retire dans un grand silence, après s'être jeté à terre plus d'une fois pour hurler, à genoux, jusqu'à épuisement : *« **Pourquoi, Seigneur ? Pourquoi Sarah ? Pourquoi moi ?** »*, pris d'une rage inexprimable et habité par un désarroi que rien ne pouvait contenir hormis ce vaste espace rappelant le néant où, tout semble se perdre, même le pire.

Le soir venu, il se réchauffe grâce à un feu de bois qu'il réussit à allumer en rassemblant divers débris végétaux avoisinant son lieu de refuge.

Au troisième jour, alors qu'il se trouve au bord de l'inanition et se demande qui, du désert ou de Sarah aura son âme, il voit surgir du sable un grand cobra royal d'un blanc immaculé. L'homme se recule aussitôt, instinctivement, saisi d'une grande frayeur. Il était venu dans cet espace désolé en vue d'éprouver ses propres limites et de se retrouver face à lui-même, loin de tout ce qui pouvait l'empêcher de faire le vide dans son esprit afin d'y voir clair.

Néanmoins, face au reptile gigantesque qui vient de se dresser face à lui, à moins de cinq mètres de distance, Jonathan ne peut s'empêcher d'être terrifié à l'idée de se faire attaquer par la bête. Une mort atroce quoique rapide s'en suivrait dès lors et il ne reverrait jamais plus ceux qu'il aimait.

Il se laisserait disséquer et avaler par cette immensité vorace qui n'a apparemment que faire des humaines pensées qui le taraudent, mais qui semble lui dire à présent que rien ne sert de s'agiter en vain tant que la vie prédomine et offre une chance de se relever.

L'homme mesure effectivement à l'instant que l'orgueil dessert en réalité l'être bien plus qu'il ne l'avantage, surtout face à une mort quasi certaine qui semble lui reprocher de s'être aventuré trop loin pour bien peu de choses. Mais était-ce réellement l'orgueil qui avait poussé Jonathan à errer seul dans ce désert hostile, si peu accueillant ?

N'était-ce pas plutôt l'incompréhension et l'incapacité à comprendre comment l'inconduite de certains de ses pairs pouvait altérer l'existence de leurs semblables à un degré inimaginable qui l'avaient contraint à s'isoler ?

Ne cherchait-il pas en définitive sa place au sein d'une société dont les repères lui apparaissent soudainement comme brouillés, inconcevables ou inadaptés ? Quelles que soient les réponses à ces questions, L'homme en quête de lui-même se retrouve bel et bien face à l'inéluctable instant de vie où il devra se révéler maître de la situation ou périr. La loi du désert se superpose pour ainsi dire à celle de la vie qui parfois offre un sursit mais pardonne rarement certaines dérives qui insultent sa véritable nature fondée sur la générosité !

Toutefois, Jonathan reprend rapidement confiance, cesse de trembler, concentre les maigres forces qu'il lui reste en puisant au plus profond de son esprit, puis ne bouge plus. Mais alors même qu'il était sur le point de craquer et s'apprêtait à esquisser un mouvement de panique, l'image du visage lumineux et radieux de Sarah, jouant et courant à travers les champs d'orge bien mûre, lui apparut. Il se figea instinctivement, aussitôt, ayant compris qu'il lui fallait attendre sans paniquer.

Assis dans la position du lotus, Jonathan contemple à présent son vis-à-vis, en sachant que les quelques minutes à venir seront décisives. Soit il bouge et se fait mordre, soit il attend de voir si le serpent songe à l'attaquer ou décide de s'en aller. Dans un cas comme dans l'autre, il sait qu'il se trouve face à son destin et comprend que ce reptile constitue, peut-être, la réponse aux questions qui l'assaillent, depuis qu'il s'est aventuré dans ce territoire désolé et aride. Etrangement, au bout d'un moment, une éternité dans l'esprit du très probable condamné à mort que constituait alors Jonathan, le naja se balança vigoureusement d'avant en arrière, à trois reprises, sans pour autant avancer puis, disparaît sous le sable brûlant, aussi soudainement qu'il est apparu.

Jonathan se détend complètement aussitôt, prend une grande inspiration et tend les mains vers le Ciel en louant l'Éternel de toute son âme, de tout son corps, de tout ce qu'il est ! Il sait assurément alors, au plus profond de son être, que sa quête ne sera pas vaine, qu'il doit retourner auprès de Sarah afin de tenir sa promesse et de l'aider à avancer dans la vie, malgré le terrible fardeau qui la faisait tant souffrir et qui manqua de le perdre aussi.

Toute la beauté de ce vaste paysage sablonneux et rocailleux, apparemment sans âme qui vive, lui apparaît également dès lors. Il se réjouit à présent de chaque inspiration qui l'informe qu'il est encore du monde des vivants, de chaque détail environnant qui lui apprend que, même ici, au cœur de ce désert brûlant et aride, la vie s'étend bien au-delà des apparences.

Un lézard blanc surgit alors du sable à sa gauche et, s'élance à la poursuite d'un scarabée doré, comme pour le conforter dans cet état de conscience qui le ramène sûrement à l'essentiel. Jonathan prend soudain une pleine poignée de sable de sa main gauche et la laisse filer lentement vers le sol, la faisant passer d'une main à l'autre, dans un lent mouvement de transvasement. Le sable doux et chaud lui rappelle aussitôt sa douce et belle qu'il aime tant et il reconnaît en son for intérieur qu'il l'aime réellement de tout son cœur !

Durant les quatre autres jours restants, Jonathan s'alimente de façon frugale mais raisonnablement pour recouvrer quelque force en vue de mieux soutenir Sarah dont le beau regard d'une infinie tendresse, empreint de mystère, suffisait à faire fondre en lui toute sensation de mal-être. Il espère alors qu'elle sait à quel point il l'aime, puis se plonge ensuite dans une longue méditation qu'il n'interrompt que pour boire un peu d'eau et manger quelques dattes ou figues séchées, constituant l'essentiel de son alimentation. Là, loin de tout, il s'y imprègne du silence salvateur qui lave de toute extravagance et de toute vaine considération ; se nourrit de la sagesse de la Nature qui s'ingénie à privilégier la vie, même au cœur des régions, éloignées et désertées par l'homme, souvent tenues pour désolées.

Jonathan sait dès lors que la beauté se trouve partout où l'on ose la chercher, s'affranchissant ici des idées préétablies qui figent l'être dans une forme de pensée quasiment inerte. Cette dynamique immuable de l'existence, quasiment imperceptible aux esprits qui aiment se satisfaire d'idées préconçues lui apparaît soudainement de façon impérieuse et tangible.

Le septième jour, le héros du désert rentre enfin chez lui avec une allure hirsute et rébarbative qui inquiète les siens, de prime abord, lorsqu'ils le voient venir de loin. Malgré qu'il se soit arrêté au légendaire puits de Jacob pour s'y désaltérer et faire un brin de toilette, avant de paraître devant les siens, Jonathan présente encore une apparence qui laisse à désirer.

Pourtant, aussitôt qu'elle le reconnaît, Myriam, sa mère court à sa rencontre et se jette dans ses bras, couvrant son visage de baisers mouillés de larmes de joie, reconnaissante du retour de son fils à la maison. Elle lui laisse à peine le temps de reprendre son souffle, lui disant et lui répétant combien elle est heureuse de le revoir, lui demandant encore et encore comment il se sent, si tout va bien…

Enfin, après s'être lavé, changé et coiffé, Jonathan se présente-t-il devant son père. Celui-ci lui demande alors, sans le sermonner le moins du monde de s'en être allé sans prévenir, après lui avoir souhaité la bienvenue chez lui:

- Dis-moi, mon fils, qu'es-tu donc allé chercher dans le désert ?

- Pardonne-moi, Père, d'être parti si vite, sans donner d'explication. Mais je devais partir car je suis allé à la rencontre de moi-même et, désormais, je suis en paix.

- Si tu es en paix, à présent, le reste m'importe peu, sois le bienvenu chez toi et que la sagesse de tes aînés t'aide à avancer dans la vie avec droiture et dignité. Sois, béni mon fils !

- Soyez béni, Père ! Je vous remercie de faire preuve de tant de sollicitude à mon égard ! Puis Yacob entretient son fils des faits divers ayant eu cours au sein de l'entreprise familiale, durant son absence, et dont il devait être informé afin d'en tenir compte dans sa tâche de gestionnaire. Le patriarche savait que dans la vie, il arrive parfois qu'un homme soit contraint de s'isoler en vue d'affronter ses propres démons, afin de mieux repartir dans la vie d'un pied ferme.

Jonathan fit aussitôt savoir à Sarah qu'il était de retour. Il envoya une servante lui dire ceci :

« Celui que tu espères est de retour et heureux de pouvoir tenir son engagement à ton égard » ! À ces mots, les larmes montèrent aux yeux de la jeune femme qui remercia, néanmoins, chaleureusement la messagère et lui confia ceci en réponse : *« Dites à mon bien-aimé que je bénis déjà le Dieu d'Israël pour une telle merveille, et que je le bénirai chaque jour de ma vie pour tant de grâces ! Je remercie mon bien-aimé pour un si grand amour ! »*, avant de se retirer à l'écart de tous pour mieux laisser éclater sa joie. Sarah courut se réfugier sous un figuier et se mit à louer le Seigneur, Dieu de l'univers, de vive voix, par des chants de liesse jaillissant spontanément de ses lèvres en remerciement de la grâce extraordinaire qui lui était donnée en la personne de Jonathan. Elle chanta et dansa donc autour de l'arbre, tout en pleurant de joie, jusqu'à ce qu'une pluie douce et légère ne se mette à tomber et ne l'oblige à rentrer s'abriter.

Nos braves amoureux se marièrent effectivement quinze jours avant la fête des Huttes qui eut lieu l'année suivante, conformément au vœu émit par les parents de Jonathan auprès de ceux de Sarah, lors de la visite de demande en mariage qu'ils effectuèrent au nom de leur fils.

Mais avant que la cérémonie ne soit célébrée, ils se purifièrent chacun dans le bain rituel réservé à ceux de leur condition. Sarah s'immergea donc dans le bassin de purification réservé aux femmes, et y pria de toute son âme, de tout son être, afin d'être lavée de la violence qui lui fut faite et afin de se montrer digne de la confiance que lui accordait Jonathan.

Ce dernier pria également pour son épouse et afin que le Dieu d'Israël accorde à tous deux une union heureuse et paisible. Sans s'être concertés auparavant, les jeunes gens nourrissaient néanmoins une même aspiration pour cet évènement qui allait leur permettre de cheminer ensemble à travers l'existence jonchée de surprises de toutes sortes qui les attendait.

Sous la houppa[4] traditionnelle, ils prononcèrent leurs vœux respectifs en présence du rabbin et des membres de leurs familles habilités à s'y tenir également. Le rabbi Moshe commença par remplir une jatte de vin et à lire la bénédiction des fiançailles:

"Soit loué, Eternel, notre Dieu, roi de l'Univers, qui a créé le fruit de la vigne."

"Soit loué, Eternel, notre Dieu, roi de l'Univers, qui nous a sanctifiés par tes commandements, et nous a donné des prescriptions concernant les unions entre proches parents en nous interdisant les fiancées d'autrui et en nous permettant les unions consacrées par le mariage religieux", etc.

Jonathan présente alors à son âme-sœur un beau bracelet en onyx en prove-

---

[4] La houppa : le dais nuptial

nance du désert du Séistan, situé à l'est de la Perse. Les yeux de Sarah brillent naturellement de larmes de gratitude et de joie qu'elle a peine à contenir en ce jour où le mauvais sort qui s'acharnait sur elle semble s'éloigner à grands pas, à chaque instant de ce rituel de noce qui la lie déjà au merveilleux Jonathan.

Même si l'ultime étape qui l'affranchira définitivement de la honte de se voir désavouer publiquement reste à venir, elle apprécie véritablement ces moments d'intense émotion durant lesquels chaque chose semble à sa place et que tout semble prendre sens, soudainement. Jonathan, aussi ému que celle qu'il épouse, prend délicatement sa main gauche et glisse religieusement au poigné de sa bien-aimée ce beau bijou, symbole de fécondité. On remplit aussitôt une seconde coupe de vin, puis commence la cérémonie des sept bénédictions ou la **Chéva Berakhoth**. Celles-ci, symboles de la relation entre les époux et le Tout Puissant, magnifient la joie qui accompagne le mariage dans la tradition juive.

Elles commencent par une série de louanges adressées au Dieu d'Israël, Le Très-Haut et Très Saint Père Créateur de toutes choses.

"Soit loué, Eternel notre Dieu, roi de l'Univers, qui a crée le fruit de la vigne."

"Soit loué, Eternel notre Dieu, roi de l'Univers, qui a tout créé pour sa gloire…"

S'ensuit alors l'étape du bris de bols en terre cuite dont le geste symbolique rappelle en principe la destruction du temple de Jérusalem et signifie qu'aucune joie, même celle d'une union parfaite, ne saurait être entière tant que le temple de Jérusalem ne serait reconstruit. Jonathan prononce enfin ce passage du Psaume 137 : « Si je t'oublie, Jérusalem, eh bien, que ma droite m'oublie. Que ma langue se colle à mon palais, si je cesse de penser à toi, si je ne t'élève pas, Jérusalem, au dessus de ma joie ». Le marié casse ensuite un bol avec son pied.

"Soit loué, Eternel notre Dieu, roi de l'Univers, créateur de l'homme." En même temps qu'il prononce ces paroles sacrées, Jonathan les dédie également à son épouse qu'il aime au-delà de l'imaginale. Jérusalem n'est-elle pas elle-même considérée comme l'épouse consacrée du Très-haut ? Ce vœu que formule le jeune marié prend donc doublement vie et engage autant sa déférence envers YHVH, le Dieu Unique, que celle envers son épouse Sarah. Il s'agit donc d'un moment hautement significatif pour qui sait qu'en posant cet acte il revêt le manteau sacré de l'alliance triptyque qui associe Dieu à l'union humaine des époux pour lui donner une dimension à la fois grande et noble.

Le tuteur de Sara, qui est également son beau-père et oncle, assista à la cérémonie avec toute la gravité qui seyait à son rôle. Nul n'aurait pu soupçonner en cet homme recueilli et bienveillant le monstre qui avait osé abuser de sa protégée, sans sourciller, quelques mois plus tôt. Il ne dénotait nullement dans cette assemblée au sein de laquelle son honneur et sa respectabilité étaient célébrés à travers cette union que tous percevaient de bon augure. Seuls

Jonathan et Sarah savaient la vérité à son propos et ne se laissaient guère berner par cette mine réjouie et remarquable, qui eût pu paraître noble, si elle n'avait été minée par le mensonge et l'hypocrisie.

Quant à Aglaé, la mère de Sarah, elle était véritablement heureuse pour sa fille qu'elle voyait enfin revivre, depuis le retour de Jonathan du désert. Les larmes aux yeux, elle rendit grâce dans le silence de son cœur, tout au long de la cérémonie, priant pour le bonheur de sa fille et de son gendre.

Ces larmes d'un bonheur total et in-descriptible, elle les recueillait discrètement dans les plis de son voile, afin de ne pas atti-rer l'attention. Elle tentait de contenir sa liesse en contemplant sa fille de son regard ému, chargé du trop plein d'amour qu'elle garderait toujours pour elle. Un sourire lu-mineux apparaissait parfois sur ses lèvres et chassait momentanément les larmes qui per-laient aux coins de ses yeux rougis.

Chants et danses rituels accompagnèrent le repas festif dont se réjouirent les quatre-vingts convives présents. Les femmes les plus âgées poussèrent de temps à autre de joyeux youyous, en l'honneur des jeunes mariés et de leurs familles. Le patriarche de chaque tribu rappela les hauts faits connus et imputables aux aïeuls de chacun d'eux, de mémoire d'hommes. Ce à quoi la foule acquiesçait opportunément, se récriant en hourras admiratifs et tonitruants.

Bien après des heures et des heures de réjouissance, les mariés furent conduits sous bonne escorte jusqu'à la chambre nuptiale devant laquelle une femme réputée pour sa diligence en la circonstance se posta. Elle attendait devant la porte dans le but de récupérer le drap nuptial pour ensuite énoncer le verdict concernant la pureté ou non de la jeune épouse. Selon que le linge recueilli porterait ou non des traces du sang de la mariée, témoignant ou non de la virginité de celle-ci, la dame proclamerait la chose, par suite, au grand jour.

En attendant ce terrible verdict, les jeunes époux passent une incroyable nuit de noces, plutôt impensable pour l'époque. Jonathan s'agenouille devant sa femme assise sur leur lit de paille et la prend par les mains avant de lui dire :

- Sarah, ma bien-aimée, ce soir je ne te brusquerai pas dans l'unique but de satisfaire à la tradition, car seul ton bonheur m'importe. J'ai prévu de quoi contenter la curiosité de ceux qui veulent une preuve de ta virginité, ayant pris soin de dissimuler une fiole de sang de coq frais dans l'une des coutures intérieures de ma tunique.

Ce soir, je propose que nous discutions et que nous parlions de ce que nous attendons l'un de l'autre, en tant que mari et femme, si cela te convient ? Les larmes aux yeux, émue au point de penser qu'elle se trouvait au beau milieu d'un rêve, tant ce geste de compassion et d'amour de la part de celui qui venait de l'épouser malgré la tare dont elle se sentait affublée la laissait incrédule, Sarah osa pourtant s'exclamer :

- Jonathan, mon tendre et cher époux, tu as fait bien plus pour moi qu'on ne peut l'imaginer, ne serait-ce qu'en m'acceptant pour femme après ce que je t'ai révélé. Je t'en suis infiniment reconnaissante et suis véritablement heureuse de te savoir à mes côtés. Je n'aurai certainement pas assez d'une vie pour te remercier de toute la bien-veillance dont tu m'entoures…puis, elle ajoute après un bref silence :

- Aussi, si tu le veux, je te parlerai de ce maudit jour qui jeta le discrédit sur tout ce en quoi je croyais avant le viol et avant que tu ne viennes me sauver de l'abominable prison de la honte et du si-lence.

- Je le veux bien, Sarah ! Ainsi, tu te libèreras de ce maudit fardeau et nous pour-rons faire table rase de l'affligeant passé qui t'obsède encore.

- C'était par une belle journée enso-leillée. Mon beau-père avait envoyé mes frères dans la ville voisine afin qu'ils y fas-sent le tour de ses débiteurs, peu après que maman s'en soit allée voir grand-mère. Je mettais les choses en ordre dans la cuisine après avoir balayé la maison et fait la vaisselle quant il m'appela.

- Sarah, viens voir un peu par ici, j'ai quelque chose à te montrer.

- J'arrive tout de suite Bâ, lui répondis-je comme à l'accoutumée, sans me douter le moins du monde de ce qui m'attendait. J'accourus vers la chambre d'où il m'appelait et il m'y fit entrer, puis referma la porte derrière moi. Toujours docile et confiante, je m'enquis :

- Me voici Père, que vouliez-vous me montrer? Mon beau-père, qui avait épousé ma mère, à la mort de notre père, et qui nous avait adopté mes trois frères et moi depuis notre tendre enfance, eût étonnamment un sourire mauvais. Soudain, ses yeux se mirent à étinceler d'une flamme inquiétante…

- Pourquoi es-tu si belle, Sarah, pourquoi es-tu si belle ! Tu es née pour pervertir l'homme le plus honorable que la terre ait engendré ; tu es la pire pécheresse qui puisse exister ! se mit-il à proférer, d'un air presque navré, avant de poursuivre :

- Sarah, ma chère Sarah, pourquoi mets-tu ainsi à l'épreuve l'homme juste et pieux que je suis ! Sais-tu que c'est un péché d'être aussi belle que tu l'es ? Ce n'est pas normal d'être aussi attirante…Il s'était rapproché de moi tout en disant ces choses déconcertantes et je me retrouvai bientôt prise au piège. Je sentais sur moi le contact de son souffle chaud et vénal qui empestait l'alcool de dattes, tant il était proche. Mon oncle avait dû boire en vue de se faciliter la tâche. Incrédule, je balbutiais : « Abba, arrêtez ça ! Mais que faites-vous, enfin ?... ». J'avais beau supplier, pleuré, tenté de lui donner des coups avec mes jambes, rien n'y faisait.

C'est bien simple, il ne m'écoutait pas ou ne voulait nullement m'entendre. Je me débattis de toutes mes forces, plus d'une fois, sans pour autant parvenir à me défaire de l'emprise de son corps si lourd et bien trop pesant pour moi, tandis qu'il était décidé à me faire ployer sous la coupe du désir malsain qui le possédait.

Je me retrouvai donc rapidement prisonnière de ses mains, dont l'une maintenait les deux miennes attachées dans le dos, alors que l'autre s'efforçait de me dénuder et de recouvrir mon corps, ainsi dévoilé, de caresses plus détestables les unes que les autres. Je me surpris alors à haïr celui qui m'avait recueillie et élevée, enfant, au point de vouloir l'étrangler sur le champ si j'en avais eu la force. Cependant, ma force venait de me quitter tout comme mon envie de vivre, après cette forfaiture dont je venais d'être victime. Après s'être soulagé, pas si soûl que ça finalement, mon beau père eut encore suffisamment d'aplomb pour ajouter ceci :

- Pas un mot de ceci à qui que ce soit, si tu ne veux jeter l'opprobre sur notre famille ! Tu n'as pas le droit de nous entraîner tous à la perte, à ta suite et puis, de toute façon, personne ne te croira. Ne t'avise donc pas d'en piper mot à quiconque, si tu ne veux finir à la rue avec tes frères et ta mère. Il s'agissait tout de même de mon propre oncle, Jonathan, du frère de mon père qui avait pris ma mère pour épouse à la mort de Père, conformément aux prescriptions de la loi !

Je me rhabillai prestement, tant bien que mal puis, courus me laver à la rivière, en espérant que l'eau emporterait un peu de la terrible salissure dont je me sens souillée jusqu'à la moelle, depuis! Toutefois, les oiseaux continuaient de chanter, j'entendais rire au loin les femmes qui faisaient leur lessive, tout en chantant au bord de l'eau, depuis le coin abrité des regards où je me baignais.

Il faisait beau ce jour-là et, les gens en profitaient pour se réjouir des petits comme des grands bonheurs de la vie, pendant que l'horreur me revêtait du noir manteau du désarroi ! C'est incroyable ce qu'on peut être bien malheureux au moment où, d'autres, ignorants tout de notre dépit, se délectent paisiblement de leur joyeuse existence. J'ai alors plongé dans l'eau tiède du *nahal al Balat* [5]. Je mis un bon moment avant d'en émerger ensuite, car j'étais comme tétanisée et absolument incapable de réagir, comme si je ne voulais plus jamais bouger. J'aurais réellement aimé en finir avec la vie à ce moment là! Et, n'eut-ce été

---

[5] Un nahal : un oued ou wadi en hébreu ; il s'agit d'un cours d'eau semi sec qui ne s'engorge, bien souvent, que durant la saison des pluies.

ma croyance en la foi dans laquelle j'ai grandi et la vision de l'infinie tristesse qui aurait assailli ma mère et mes frères, je me serais volontiers abandonnée au doux appel de l'eau. Je me sentais si bien dans ce bassin liquide, calme et bienfaisant, qui semblait alors m'inviter à me laisser aller pour me fondre pour toujours dans sa quiétude absolument rassurante.

Le soir venu, mes frères sont rentrés à la maison ; j'ai servi le repas puis je suis allée me coucher sans manger. Maman est rentrée deux jours plus tard et m'a trouvée malade et si triste, qu'elle se douta immédiatement qu'il s'était passé quelque chose de grave. Mais, par peur des représailles, je me contentai de lui assurer que j'étais tout simplement souffrante. Depuis cet événement tragique, je me mis à dépérir et à me replier davantage sur moi-même, alors que tu insistais pour me revoir, durant ces huit derniers mois.

J'aidais maman du mieux que possible, malgré l'état de fatigue affligeant dans lequel j'étais tombée, à force de dédaigner la nourriture et de ne boire que des bols de bouillie d'orge. Voilà, Jonathan, tu sais tout à présent… » acheva de lui confier Sarah dont le beau visage était alors voilé d'une infinie tristesse qui s'écoulait à peine à travers les larmes qui le mouillaient et s'en échappaient par flux continus.

Les larmes coulaient et coulaient déjà, sans tarir, pendant que Sarah livrait cette pénible et triste mésaventure à Jonathan qui l'écoutait, également peiné par cet évènement qui avait tant détruit sa femme, tout en conservant ses mains dans les siennes. De temps à autre, il essuyait une larme de son doux visage et lui caressait doucement la joue, d'un geste qu'il aurait voulu suffisamment tendre et puissant pour en extraire toute cette affliction qui en perlait. Toutefois, il n'osa pas la regarder dans les yeux tout au long du récit qu'elle lui fit de ce viol incestueux, afin de ne pas l'embarrasser plus que nécessaire.

Jonathan savait qu'il fallait bien davantage que du courage pour oser ainsi s'ouvrir à son mari sur ce genre de choses traumatisantes et difficilement compréhensibles, surtout durant sa nuit de noce. Il avait conscience qu'elle lui ouvrait son âme, à défaut de lui offrir son corps en ce jour béni qui aurait dû les voir unis dans la liesse des amants, finalement autorisés à convoler en justes noces. Toutefois, Jonathan comprenait aussi que Sarah et lui vivaient alors quelque chose d'unique, de beau et de grand et que cette lune de miel n'avait rien d'ordinaire.

- Je te remercie véritablement pour ta confiance qui m'honore et que, jamais, je ne voudrais décevoir. Cette nuit nous trouve, tous deux, morts à ton passé qui n'est plus à présent qu'un pitoyable relent du mauvais temps précédent la belle saison. Réjouie-toi, Sarah, ma belle et douce épouse, car demain sera un jour nouveau qui ne devra plus porter l'ombre de cette abomination que toi et moi allons maintenant conjurer en prière.

- Viens avec moi ! lui dit-il encore en l'aidant à s'agenouiller à ses côtés et à poser sa main gauche dans la droite qu'il lui tendait. Ainsi, unis, les jeunes mariés prièrent jusqu'à l'aube, chassant tout reste d'affliction et d'amertume. Puis, finalement, avant de s'endormir, Sarah avoua à son aimable et brave époux :

- Jonathan, mon bien-aimé, j'aimerais tant faire un pèlerinage à Jérusalem avec toi, afin de remercier le Très-Haut, de m'avoir fait la grâce de te rencontrer et de me permettre d'être l'épouse d'un homme aussi remarquable que toi !

- C'est promis, je mets les choses en ordre dans la plantation de mon père et nous partirons dès que possible.

- Sois-en infiniment remercié, mon époux bien-aimé !

-Je ne t'aime pas simplement pour être fidèle à mon vœu, mais bien parce que je ne puis faire autrement ; Sarah, ma bien-aimée, je ne peux m'empêcher de t'aimer car toi seule fais que je me sens vivre véritablement. Tu sais, nulle loi ne te rendra jamais impure à mes yeux !

Toi, tu es le plus beau joyau qu'ait conçu l'univers
Tu es l'étoile qui brille à en éblouir les ténèbres

Tu es la joie qui fait oublier la rudesse de l'hiver

Toi, mon Soleil, de tous mes rêves le plus célèbre !

Pare-toi à présent pour une éternité de liesse

Car il ne se passera plus un jour dans le cours de l'existence

Sans que je ne rende grâce pour ma très grande chance

Celle de t'avoir pour femme et de connaître ma richesse ! déclama-t-il ensuite, lui arrachant des larmes de joie teintées par l'amertume des mauvais jours qui lui firent douter qu'elle puisse un jour avoir une telle chance.

À l'aube, Jonathan sortit de la chambre à coucher dans laquelle il venait de passer sa première nuit aux côtés de la femme de sa vie, et remit le drap tant attendu à celle qui veillait là, tout en dormant sur une natte posée contre la porte, afin que nul ne puisse tromper sa vigilance. Il dut la secouer un peu afin qu'elle se réveille, pour éviter de lui marcher dessus en sortant.

La vieille femme déroula le drap blanc, d'un geste vif et habile, observa méticuleusement les marques de sang de coq que Jonathan avait pris soin de faire couler de façon inégale la veille, avant de l'étaler à l'aide de l'une de ses plantes du pied. Le drap était bien froissé, puisqu'ils avaient effectivement dormi là-dessus. Le sourire satisfait qui éclaira le visage de cette messagère d'un genre bien particulier acheva de rassurer Jonathan quant au succès de sa mission. Sarah pouvait respirer, enfin, nul ne la soupçonnerait du pire, dorénavant, et elle pourrait vivre paisiblement de façon respectable et honorable, sans craindre d'être jetée en appas à une foule déchaînée, baveuse et n'aspirant qu'à conjurer ses propres démons à travers un abominable lynchage rituel.

Après le départ de la préposée à cette corvée ancestrale, Jonathan referma la porta puis se précipita vers sa femme pour pleurer avec elle, de joie et de soulagement, dans une espérance nouvelle portée par le plus bel et le plus noble amour que deux êtres puissent se porter l'un à l'autre et réciproquement.

Durant les sept jours qui suivirent cette mémorable célébration, les deux époux furent chouchoutés et servis par leurs proches avec grande bienveillance et, conformément à la tradition, aucune corvée ne leur incomba. Tel un couple royal en pleine possession de ses privilèges ils n'avaient plus qu'à se laisser vivre, même si en leur for intérieur, l'un et l'autre n'étaient pas particulièrement d'humeur festive au vu des circonstances dans lesquelles ils se marièrent.

Bien qu'ils aient choisi de jeûner le jour même du mariage, récitant la grande prière du Yom Kippour[6] à la place de celle journalière, Jonathan et Sarah se sentaient en marge de l'ambiance joyeuse et prenante créée en leur honneur. Aussi, furent-ils heureux de pouvoir se retrouver chez eux, enfin au calme, à l'issue de cette période de partage familiale permettant aux-uns comme aux autres de leur témoigner leur affection en actes plutôt que par dires.

Comme prévu, un mois à peine après leur union, nos jeunes gens s'en vont en pèlerinage à Jérusalem. Ils partent de chez eux, tôt le matin, et marchent tous deux à côté de l'âne qui les accompagne et qui transporte le nécessaire vital. Une bonne provision d'eau et de victuailles ainsi que des couvertures sont enveloppées puis attachées sur le dos de l'animal qui avance nonchalamment avec eux, sous l'impitoyable soleil de plomb de Judée.

---

[6] Yom Kippour : Le grand pardon

Après des heures d'une marche régulière, à un rythme appréciable, l'homme et la femme ralentissent le pas, afin d'éviter de s'épuiser trop rapidement. Il fait alors si chaud, que chaque pas consenti relève quasiment de l'exploit. Ils font boire l'âne qui glane les quelques rares herbes se trouvant aux abords du puits où ils se sont arrêtés. Béthel se trouvant à une trentaine de kilomètres de Jérusalem, Jonathan et Sarah comptaient mettre deux jours de marche ponctuée d'arrêts réguliers pour effectuer ce trajet.

Leur détermination aidant, le couple chemine côte à côte, en silence, s'aventurant dans ces terres arides sur lesquelles la température avoisine parfois quarante degrés Celsius.

Néanmoins, les points d'eau étant rares dans les environs, ils savent qu'il vaut mieux avancer doucement, et par intermittence, plutôt que de cuire sur place, sans la moindre parcelle d'ombre accueillante. D'ailleurs, lorsque le brave animal qui les accompagne s'arrête de temps à autre pour brouter quelques graminacées asséchées trainant au bord du chemin, Jonathan et Sarah ralentissent également le pas ou s'arrêtent en vue de ménager l'équidé.

Ainsi, le couple se dirige courageusement à travers la vallée longeant cette vaste région de collines, tels deux voyageurs qui ne courent pas après le temps. Dans cette région du monde, à cette époque, le temps n'était pas ce qui manquait mais, davantage, ce avec quoi il valait mieux composer en vue d'avancer au cœur d'une existence qui impose parfois bien des choses !

Un peu après que l'astre du jour ait amorcé son cycle descendant en poursuivant sa course vers l'ouest, Jonathan et Sarah arrivent à Guivéa, où ils comptent passer la nuit en attendant de poursuivre vers Jérusalem, et découvrent un spectacle abominable.

Sous les huées d'une foule démente et déchaînée qui l'encercle, une pauvre femme, recroquevillée sur elle-même, le visage caché entre ses jambes tente de se protéger des masses de pierre qui lui sont lancées et qui, soudain, fusent de toutes parts.

- « Sale prostituée, honte d'Israël, à mort la putain… », crient les uns, haineux ;

« …espèce de dégénérée, sale démon… », hurlent les autres, non moins ulcérés. Et, tous, nourris et aveuglés par la grisante sensation de puissance que confèrent les mouvements de foule, s'acharnent ainsi à vouloir détruire celle dont ils rejettent, ensemble, tout et jusqu'à l'existence.

A peine eut-il le temps de comprendre ce qui se passait que, à la force de ses bras, Jonathan se fraya un chemin à travers cette foule compacte et assassine qui se resserrait de plus en plus autour de cette femme, tel un impitoyable étau. Il reçut également un nombre incalculable de projectiles avant que, stupéfaits de voir un homme se risquer au centre du cercle mortel où se trouvait la femme, les uns après les autres, ceux qui la persécutaient ne baissèrent les bras.

- Silence ! Silence ! se mit alors à clamer Jonathan, encore et encore, jusqu'à ce qu'ils s'arrêtent, se taisent et l'écoutent tous, jusqu'au dernier.

- Gens de Guivéa, n'avez-vous pas entendu ce que disait Yéshua, le Nazaréen, à propos du crime que vous êtes en train de commettre en ce moment même ? Lequel d'entre vous n'a jamais péché ? leur demanda-t-il encore, pendant que Sarah, éberluée, le regardait faire à distance, n'en croyant pas ses yeux. Jonathan jaugea alors du regard les membres de cette assistance haineuse, les uns après les autres, à commencer par ceux qui se trouvaient devant lui, avant de poursuivre :

- Comme le disait Yéshua avant d'être crucifié pour avoir proclamé que l'amour et la compassion sauveraient l'homme de sa propre déchéance, je vous le demande à mon tour : *« Que celui d'entre vous qui n'a jamais péché lui jette à nouveau une pierre ! »* Nombre d'entre eux baissèrent immédiatement les yeux, honteux ; d'autres détournèrent le regard dans une autre direction, d'un air fuyant alors que les plus téméraires soutenaient le regard de Jonathan, cherchant à l'impressionner par une attitude plus qu'intimidante.

Toutefois, voyant qu'il ne faiblissait pas et ne baissait nullement le regard devant eux, ils finirent par jeter ce qu'il leur restait de pierres dans les mains puis, s'en allèrent, les uns après les autres.

Un homme qui observait toute la scène depuis le début, tout en se tenant à l'écart de toute cette folie, s'approcha de Sarah et de Jonathan qui avaient entrepris de consoler la femme après le départ de la foule et se mit à les questionner.

- Vous n'êtes pas d'ici, hum ?

- Non, nous ne sommes pas d'ici, mais vous si, n'est-ce pas ! lui répondit Jonathan, tout en continuant à observer l'état dans lequel se trouvait la femme, afin de déterminer la prochaine étape à suivre en vue de lui venir en aide.

- En effet, je suis d'ici ! rétorqua l'homme élégamment vêtu de blanc.

- En ce cas, pourriez-vous nous indiquer l'adresse d'un docteur afin que nous fassions soigner cette femme blessée et à bout de souffle ? s'enquit de nouveau Jonathan.

- Bien sûr que je le peux ! Toutefois, laissez-moi vous prévenir que, sous peine d'être persécuté par ceux qui ont jugé et condamné à mort la femme que vous venez de sauver, il refusera de lui porter secours. Vous-mêmes, si vous ne voulez pas d'ennui, partez au plus vite et emportez avec vous cette malheureuse, si vous tenez tant que cela à la sauver ! leur conseilla-t-il.

- Personne ne peut nous cacher, le temps qu'elle aille mieux ? l'interroge à nouveau Jonathan qui se demandait s'il aurait encore la force de soutenir cette femme blessée sur une longue distance.

- Non, malheureusement, personne que je connaisse par ici ! Néanmoins, prenez ce chemin-là ; il vous mènera au village voisin qui se trouve à environ trois kilomètres d'ici. Là-bas, il n'y a pas de médecin mais je vous enverrai le nécessaire pour soigner cette dame. Vous vous arrêterez chez mon ami David qui habite dans une maison reculée, éloignée du reste du village. L'homme leur donna encore quelques précisions afin qu'ils parviennent à bon port sains et saufs.

Jonathan souleva aussitôt la femme agonisante et la hissa sur ses larges épaules, du mieux qu'il put, tout en essayant de ne pas la faire souffrir plus qu'il ne le fallait. Il fit ensuite signe à Sarah de se charger de leurs nécessaires de voyage, puis tous trois prirent la direction indiquée par l'homme qu'ils saluèrent et remercièrent pour ses conseils, avant de s'en aller.

Une bonne heure plus tard, ils se retrouvèrent devant une demeure, située à l'entrée du village, mais se trouvant à une centaine de mètres en retrait de la route, puis frappèrent à la porte d'une fermette.

Une petite femme ronde et souriante accourut à leur rencontre et leur ouvrit le portail donnant accès à la cour. Au nom de Josef, elle les conduisit dans la bâtisse principale, en ouvrit la porte et les pria d'entrer. Puis, dans la pièce principale, elle les fit s'asseoir sur des coussins disposés sur une natte déroulée à même le sol, dallé à l'aide d'un mélange d'argile et de terre, puis leur offrit à boire, avant de s'éclipser pour aller prévenir son époux de leur présence.

Celui-ci, du nom de David, accourut à son tour et leur proposa de s'installer dans une pièce dont ses enfants, sa femme et lui-même évacuèrent un certain nombre de choses encombrantes. Un lit de fortune accueillit opportunément la souffrante, tandis que les deux époux se contentèrent de partager une natte. Le soir même, alors qu'ils achevaient de dîner et que la femme lapidée dormait, incapable de garder les yeux ouverts pendant plus de cinq minutes, sans pleurer de douleur, une femme arriva, porteuse d'un colis à l'intention du maître de maison puis, s'en retourna, tout de suite après avoir effectué cette livraison. Il s'agissait de la domestique du dénommé Josef, qui les avait envoyé dans cette fermette.

Le colis contenait une fiole d'un substrat antiseptique probablement à base de thym, d'absinthe et d'armoise ; des vivres et quelques vêtements neufs de femme pouvant convenir à leur rescapée. Délicate attention de la part de l'inconnu qui ne voulait probablement pas envoyer ces braves gens qu'il venait de rencontrer à ses amis, sans avoir contribué personnellement à leur bienêtre, un tant soi peu !

Le lendemain matin, avant que Jonathan et Sarah ne reprennent la route, le maître de maison leur parle de Josef, l'homme qui les avait envoyés chez lui, en des termes plus qu'élogieux. Le couple découvre étonnamment que celui-ci est lui-même un docteur de la loi et membre du Conseil des Sages de Guivéa. Pourtant, il avait pris le parti de les aider à protéger la femme que son propre peuple s'apprêtait à mettre à mort ! Peut-être n'avait-il pas agi plutôt en ce sens, lui-même, ne voulant pas compromettre sa position au regard de ses pairs, se demandent naturellement Jonathan et Sarah.

Celle-ci confia un peu plus tard à son époux, lorsqu'ils se retrouvèrent seuls sur la route qui mène de ce village voisin de Bethel à Jérusalem, qu'elle trouvait ce Josef bien courageux pour s'être ainsi risqué à leur venir en aide, malgré sa position sociale des plus délicates, en la circonstance.

A l'époque, les docteurs de la loi et le Conseil des Sages étaient les seuls habilités à rendre justice en dehors de toute autre autorité de référence. Aussi, pour ce Josef, le fait de permettre au couple de soustraire la jeune femme lapidée à l'exécution d'une décision de justice revenait-il à prendre position contre les valeurs promulguées par l'autorité en vigueur et contre les siens.

Josef étant lui-même un représentant de cette autorité, peut-être avait-il agi ainsi parce qu'il n'était pas lui-même convaincu de la culpabilité de la jeune femme ; ou encore parce qu'il trouvait déjà barbare, à l'époque, le fait de lapider à mort les femmes accusées de mauvaises mœurs. Dans tous les cas, Jonathan et Sarah étaient fort heureux de l'avoir trouvé sur leur chemin, au moment où ils en avaient véritablement besoin, afin de soustraire cette femme d'une mort cruelle.

Jonathan et Sarah poursuivent donc leur route vers Jérusalem, la Grande, celle qui a le privilège de contenir le lieu très saint où se trouve le temple dédié au Dieu d'Israël qu'ils allaient y célébrer et honorer.

Ils ont pris congés de la famille qui les a chaleureusement accueillis sur la recommandation de Josef, depuis bientôt deux heures, après s'être restaurés grâce à la générosité du couple. Ils ont dû leur laisser la rescapée, dont l'état de santé nécessitait encore soin et repos, en promettant de revenir la chercher.

À présent, ils marchent vite, dans le silence environnant qui protège chacune de leurs pensées, et chaque pas qu'ils font les rapproche de Jérusalem !

A l'approche de l'illustre cité, ils croisent d'autres voyageurs dont certains s'en vont et d'autres qui, comme eux, se dirigent vers la grande ville. Ils remarquent soudain un homme qui s'approche des gens au hasard et les apostrophe en criant et en ricanant dans leur direction : « Tu le sais, toi, où mène la vie ? Hein, et toi, est-ce que tu le sais où mène cette vie… ? Interloqués, les-uns et les autres le regardent passer d'un groupe à l'autre, sans un mot, comme si cette question des plus banales ils l'entendaient tous pour la première fois. Pourtant, ils se la sont tous déjà posé à un

moment ou à un autre au cours de leur existence, probablement de façon circonstan-
cielle, alors qu'ils se sentaient blasés ou dé-
passés par certains évènements de la vie.
Néanmoins, ils réalisent tous à présent que,
bien qu'ils se soient déjà demandés où menait cette vie, ou ce vers quoi elle tendait, ils
ne s'étaient pas assurément pas donnés la
peine d'y répondre, posément, tant ils devaient être absorbés par ce qui les tracassait
sur le moment.

L'importun, probablement un fou, arrive finalement au niveau de Jonathan et de
Sarah et leur lance, toujours avec cet air de
dédain amusé qui ne le quitte pas, cette
même question embarrassante. Mais, avant
même qu'il ne s'en retourne assaillir quelqu'un d'autre avec cette rengaine rebondis-
sante, Jonathan l'attrape fermement par le
bras, le regarde droit dans les yeux avec l'air
de celui qui sait ce dont il parle et lui répond :

- Mon brave, la vie te mène jusqu'où
tu te sens capable d'aller avec elle !
L'homme, à présent désarçonné à son tour
par l'aplomb avec lequel cet inconnu vient

de l'interpeller, reste planté là l'espace d'un moment, la bouche entrouverte de stupéfaction, sans plus pouvoir émettre le moindre son, alors que le couple s'éloigne déjà vers sa destination.

Ils pénètrent dans la ville sainte par la porte des poissons, délaissant celle des brebis trop encombrée alors, à l'initiative de Jonathan qui n'en était plus à sa première visite à Jérusalem. Il y avait accompagné son père plus d'une fois afin qu'ils écoulent leurs récoltes auprès de grossistes au grand marché, mais ne s'habituait toujours pas au débordement perpétuel qui y régnait. Il avait l'étrange sensation que cette grande cité était une dévoreuse d'âmes qui s'emparait intégralement de l'être dès qu'on y pénétrait.

Au milieu d'innombrables échos répondant à d'autres, des couleurs chatoyantes des vêtements de gens venus de partout, Jonathan et Sarah se rendent aussitôt sur la place du marché où ils achètent un taureau blanc, sans défaut et, se mettent en quête de neuf kilos de farine pétrie avec de l'huile, en prévision de l'offrande rituelle dans le cadre du sacrifice de reconnaissance qu'ils veulent faire.

La ville est débordante d'une activité incessante et étourdissante pour nos jeunes gens qui ne sont guère habitués à une telle effervescence. Derrière les échoppes de marchandises diverses, affichant une incroyable variété de couleurs, des hommes et des femmes crient à la volée, invitant les passants à découvrir les merveilles dont débordent leurs étals. Dans les rues étroites chargées d'odeurs d'épices, des effluves de parfums rares ou basiques de l'Orient, des relents de sueurs s'échappant de l'activité trépidante des hommes et des bêtes affolées par tout ce brouhaha, Jonathan et Sarah cherchent leur chemin et progressent au milieu de la foule au rythme effréné impulsé par celle-ci.

Tous leurs sens sont en éveil car continuellement sollicités autant, par ce cocktail de mille senteurs entremêlées, que par le tumulte impressionnant dans lequel ils semblent perdus, décalés et pas vraiment à leur aise. Bousculés par les uns, hélés par les autres ou attirés par ceux dont les bras entraînant accompagnent indéniablement un sourire très aguichant, ils suivent la vague du mieux qu'ils peuvent.

Ils parviennent enfin à rassembler tout le nécessaire requis, au bout de plusieurs heures passées au milieu de cette mêlée éprouvante aussi bien pour les nerfs que pour l'esprit. Jonathan porte ensuite le tout au prêtre chargé du rituel, à l'entrée de la tente de la rencontre, puis revient rejoindre Sarah à l'endroit de la cour où elle prie, en l'attendant et lui explique que tout est accompli. Ils se sourient puis s'en vont gonfler à nouveau le flot de gens qui déambulent encore et toujours dans les artères bouillonnantes de la grande ville, après s'être recueillis à nouveau durant quelques instants dans ce lieu saint qui leur inspire le plus grand respect.

Depuis quelque temps, un homme de grande taille, emmitouflé dans des vêtements le rendant difficilement identifiable observe Jonathan et Sarah à la dérobée, sans qu'ils s'en rendent compte.

Alors que le couple se dirige vers une ruelle encombrée située à la sortie du temple, l'homme qui les surveille toujours discrètement, depuis leur entrée dans la ville, s'approche d'eux et les aborde en s'adressant à Jonathan, à voix basse :

- Est-ce bien vous qui venez de Guivéa et qui avez parlé à mon ami Josef ?

- Oui, que se passe-t-il et qui êtes-vous s'enquiert aussitôt Jonathan, sur ses gardes. Il craignait qu'un ordre d'arrestation ait été émis à son encontre, après qu'il ait osé s'interposer pour sauver cette femme qui se faisait lapider.

Par ailleurs, ne sachant rien de l'homme qui vient de les héler et dont seule une partie du visage émerge du tissu qui le drape de pied en cape, il s'en méfie, naturellement. L'homme est vêtu d'une longue tunique dont la capuche recouvre une bonne partie de son visage et, seuls, ses yeux émergent de cet accoutrement plutôt enveloppant.

- Rien de grave, soyez-en sûr, suivez-moi un peu à l'écart et vous comprendrez. Ils le suivent donc, après que Jonathan se soit assuré que l'homme ne dispose pas d'acolytes les attendant, postés à l'écart, un peu plus loin. Il jette un regard circonspect aux alentours et ne manque pas non plus d'observer l'arrivant de plus près, en plongeant son regard dans le sien en vue d'en sonder la nature, par mesure de précaution. Comme le lui répétait souvent Yacov, son père, « Si tu soutiens le regard d'un homme suffisamment longtemps, tu sauras ce qu'il a dans le ventre ! ».

L'homme au regard franc et avenant qui vient de l'accoster ne se trouble nullement durant cet examen de rigueur. Aussi Jonathan estime-t-il qu'il lui semble honnête et fait-il signe à son épouse afin qu'ils se mettent à sa suite. L'homme les entraine aussitôt à l'ombre d'un olivier situé un peu à l'écart, vers la sortie sud de la ville, et les invite à s'asseoir sur un tronc d'arbre qui y est disposé en guise de banc pour l'écouter.

- Je suis Yohanan et je me suis précipité à votre rencontre, ayant eu vent de votre intervention providentielle à Guivéa. Puisque vous avez agi et témoigné devant tous au nom de Yéshua, je voulais vous donner sa bénédiction, pour l'avoir personnellement connu.

- Es-tu Yohanan, celui-là même qui suivait Yéshua le ressuscité avec ses autres compagnons de route ? l'interroge Jonathan, ahuri, ne pouvant en croire ses yeux !

- Oui, mes frères ! En effet, j'ai eu l'immense honneur d'avoir vécu aux côtés de Celui qui est venu nous éclairer et nous apprendre à vivre conformément à la volonté du Père.

Le disciple leur parle ensuite longuement de Jésus de Nazareth comme personne d'autre n'aurait su le faire et ils rayonnent avec lui de cette joie qui anime ceux qui se reconnaissent de l'Amour et du Bien suprême qu'Il a inlassablement enseignés et prodigués de son vivant. Ils savent dès lors qu'ils ont à faire à un homme d'une grande sagesse, au destin incomparable, et ne doutent plus un seul instant qu'il soit véritablement celui qu'il dit être.

Mais, avant qu'ils ne se quittent, Jonathan pose la question qui lui brûle les lèvres depuis qu'il sait à n'en point douter que son vis-à-vis est l'un des derniers témoins vivants ayant connu Yéshua, dit le Christ.

Bien qu'il pense en connaître la réponse, il souhaiterait néanmoins en avoir le cœur le net.

- Yohanan, sommes-nous comptables du péché dont un autre prend soin de nous accabler ?

- Bien sûr que non, Jonathan ! Nous ne sommes responsables que de ceux que nous avons-nous-mêmes commis, en toute connaissance de cause.

Sarah, assise un peu à l'écart à côté de son mari, ne perd pas une miette de cette conversation qui la remue au plus profond d'elle-même. Comme si chaque parole prononcée par ce saint homme, telle une eau vive, avait la capacité de pénétrer son être pour la laver de tout ce qui avait pu la souiller et l'accabler auparavant !

- Donc, si je comprends bien, une femme violée n'est en rien coupable d'avoir été rendue impure aux yeux des hommes, n'est-ce pas ?

- Je puis te l'assurer, mon frère, en cela elle n'est ni coupable ni impure ! lui déclare alors l'apôtre, sans ambigüité possible, avant d'ajouter :

- Seuls l'ignorance et l'aveuglément de nos semblables accablent ces femmes déjà à l'agonie, autant, par crainte des représailles pouvant aggraver leur cas que, parce qu'elles souffrent terriblement dans leur corps et dans leur âme. Sache donc, Jonathan, qu'il y a bien plus de Suzanne[7] parmi les Marie-Madeleine et autres qu'on lapide souvent cruellement.

- *Mais Dieu n'est ni dans la violence qui se justifie, ni dans aucune forme de mal, qu'elle soit prétendue ou non venant de Lui !*

Dieu est Amour, Dieu est Lumière !

Il est Pardon et Don, toujours, mon frère ! précise également Yohanan, avant de poursuivre :

---

[7] Suzanne : personnage biblique de grande vertu

- Nombre d'entre elles sont surtout victime de la concupiscence et de la convoitise des hommes qui les piègent par le biais de la loi, tout en prenant soin de cacher leur propre crime.

- Je n'avais jamais vu la chose sous cet angle, bien que je sache qu'il arrive que les hommes se trompent en rendant justice ! s'exclame alors Jonathan, plus que soulagé par ces révélations.

- Sache, mon frère, que, bien souvent, les hommes de mauvaise mœurs violent et déflorent certaines de ces filles, ou abusent de femmes mariées, pour mieux les accuser de prostitution ensuite, lorsqu'elles menacent de les dénoncer.

Ils les jettent alors à la fougue déchainée de la foule, sans le moindre état d'âme, parfois, simplement parce qu'elles se sont refusées à les satisfaire sexuellement. Nulle femme n'est donc vraiment à l'abri, si l'on reconsidère le cas de Suzanne, heureusement sauvée par Daniel d'une mort atroce et injuste.

- Yohanan, je te remercie infiniment de m'avoir éclairé sur tant de choses aujourd'hui. Dorénavant, je pourrai m'appuyer sur mon intime conviction à propos du dernier point que nous venons d'aborder, sans craindre de contourner la loi. Je veux bien que tu nous bénisses ma femme Sarah et moi, de même que celle que nous avons soustrait à la vindicte populaire, comme tu l'as gentiment proposé au début de notre entretien ?

- Mais bien entendu, mes amis, avec joie ! Yohanan se lève donc, et le couple en fait de même, puis il étend ses mains au-dessus de leurs têtes et se met à les bénir :

« Au nom de Yéshua, venu nous enseigner en vérité, Jonathan et Sarah, je vous lave de vos péchés et vous bénis au nom du Père, bon et miséricordieux, au sujet duquel Il nous a tant instruits. Que la paix du Seigneur et Dieu d'Amour soit toujours en vous, sur vous et dans votre demeure, amen ». Ce à quoi Jonathan et Sarah, émus aux larmes, répondent à leur tour : « *Amen* ».

- Où donc se trouve cette jeune femme que vous avez sauvée ? leur demande Yohanan, après leur avoir laissé le temps de se remettre de leurs émotions.

- Elle se repose chez des amis mais nous la prendrons avec nous, au retour, et la ramènerons chez nous, si elle le veut bien.

- Eh bien, désormais, vous pourrez lui remettre ses péchés et la bénir quand vous la reverrez, exactement comme je viens de le faire pour vous, au nom de Yéshua ! leur enseigne également Yohanan, un grand sourire éclairant son visage radieux, encore d'un bel et noble aspect, quoi qu'il semble, bel et bien, éprouvé par l'âge.

- Nous pouvons donc, à notre tour pardonnez leurs fautes à d'autres et les bénir sans craindre d'enfreindre la loi ? l'interroge à nouveau Jonathan, tout à fait émerveillé par tout ce qu'il apprend de cet homme, par toutes ces paroles qui le réconfortent intérieurement.

- Absolument ! Ainsi que l'a voulu et comme nous l'a recommandé le seul qui connaisse véritablement le Père des cieux, Yéshua ressuscité d'entre les morts.

- Alors, sois également infiniment béni, frère Yohanan, pour nous avoir révélé tant de choses merveilleuses qui redonnent espoir pour l'avènement d'un monde meilleur. Si j'avais déjà entendu parler des exploits de Yéshua, à maintes reprises auparavant, j'ignorais encore bien des choses concernant son enseignement.

- La vie même de Yéshua fut un enseignement et vous en savez désormais plus que beaucoup de ceux qui prétendent entendre sa parole sans se soucier de mettre en pratique les enseignements qu'elle délivre à ceux qui l'accueillent en vérité ! À présent, puisque vous êtes devenus à votre tour Ses disciples, soyez bénis, procédez en toute chose selon sa Sagesse et que Sa paix vous accompagne toujours.

Yohanan prédit également à Sarah et à Jonathan qu'ils auraient un fils premier né qui s'appellerait *Nathanaël*, ce qui veut dire : *« Dieu a donné »*, et que celui-ci accomplirait de grandes choses au nom du Seigneur.

« Envoyez-le moi lorsqu'il aura seize ans révolu, et je l'instruirai dans la sagesse du Très-haut comme me l'a lui-même enseigné Yéshua, mort sur la croix et ressuscité d'entre les morts pour notre plus grand bien. Je l'enverrai chercher par l'un de mes fidèles et sa descendance comme lui serviront à jamais le Très-Haut.»

- Mais qui sait où tu seras alors, Yohanan ? Comment te retrouver ?

- Où je serai, seul le Seigneur le sait ! Cependant, je suis sûr que je serai disponible le moment venu, afin d'aider votre fils à naître dans l'accomplissement de son destin.

- Puisque, de tous les apôtres de Yéshua, tu es le seul survivant, lorsque notre fils aura cet âge auras-tu encore la force de l'instruire, malgré ton grand âge ?

- Si Dieu le veut, Jonathan, si dieu le veut ! affirma simplement le vieil homme, un sourire énigmatique au coin des lèvres.

Jonathan ignorait manifestement cette interprétation de l'une des prophéties de Yéshua, dit le Christ, qui voudrait que Yohanan vive jusqu'au retour glorieux du Messie sur terre ! Il acquiesce néanmoins, en toute confiance, d'un geste de la tête et lui affirme :

- Nous serons honoré que notre fils suive tes enseignements et grandisse dans l'amour de Dieu et à son service, Yohanan ! Si tel est le désir du Tout-Puissant, que sa volonté soit faite ! Adieu, cher frère, adieu.

- Adieu, mes amis ! Que la paix du Christ vous accompagne et soit toujours sur vous comme sur les vôtres ! Allez-en paix, leur souhaite encore Yohanan. Les deux hommes se donnent alors une accolade fraternelle des plus mémorables, marquant ainsi la fin de l'entretien, puis se séparent.

Sarah qui se tenait légèrement à l'écart durant ce conciliabule, tout en écoutant cette conversation porteuse d'espoir pour elle comme pour tant d'autres, s'approche alors respectueusement de Yohanan, touche un pan de sa tunique, puis s'incline profondément, en signe de reconnaissance.

L'une des larmes qui coulent silencieusement de ses yeux, sans qu'elle puisse les réprimer, mouille alors le vêtement du saint homme. Celui-ci l'enveloppe instantanément d'un regard d'une infinie tendresse, essuie d'un geste paternel et bienveillant les larmes qui troublent son beau visage, puis il la bénit à nouveau, individuellement, avant de les regarder s'en aller. Il disparaît à son tour, quelques instants plus tard, au milieu de la foule disparate qui se démène encore dans les artères grouillantes et bruyantes de la ville sainte, avant que ne s'éclipse le jour pour céder à la nuit étoilée qui se profile déjà à l'horizon.

Le soir venu, le couple fait une halte sur le chemin du retour et dresse une tente, un peu en retrait de la route, pour y quérir un peu de repos, avant de se remettre en route. Sarah qui semble perdue dans ses pensées depuis qu'ils ont quitté Yohanan demande soudain à Jonathan :

- Dis-moi, mon Aimé, qui donc est cette Suzanne dont parlait Yohanan ? Jonathan, qui attisait alors le feu de bois que venait d'allumer son épouse, sourit à cette question, se rapproche de son épouse, lui entoure les épaules de son bras gauche, puis se met à lui parler de cette héroïne biblique :

- **Suzanne**[8] était une femme noble d'une beauté remarquable. Elle était l'épouse d'un notable et se comportait de façon admirable et vertueuse. Mais un jour, alors qu'elle se baignait seule dans le parc de la propriété de son riche époux, seulement ouvert au public à certaines heures de la journée, deux vieillards la piégèrent. Ils s'y étaient introduits et dissimulés, peu avant sa fermeture au public et se présentèrent à la jeune femme dès que ses domestiques la laissèrent seule. Tous deux lui ordonnèrent alors de se soumettre à leurs envies de débauche, si elle ne voulait être publiquement désavouée sur la base d'accusations mensongères. Ils la menacèrent de déclarer devant tous qu'ils l'avaient surprise en très mauvaise posture avec un jeune homme autre que son époux dans le parc et que, pris sur le fait, son complice se serait sauvé.

---

[8] **Suzanne** est héroïne biblique. Voir *(Daniel 13,1-7)*

Suzanne, bien qu'accablée et sachant son sort scellé, se mit alors à hurler et ameuta ses domestiques, ce qui empêcha les deux larrons d'abuser d'elle physiquement.

Toutefois, ceux-ci, eux-mêmes membres du Conseil des Sages, n'eurent dès lors aucun mal à mettre à mal la parole de la jeune femme, et mirent effectivement leurs vils desseins en œuvre.

Mais Suzanne était une femme d'une grande foi. Elle se mit donc à prier tant et si bien que le Seigneur l'entendit et envoya Daniel à son secours. Celui-ci arriva alors qu'on l'avait déjà jugée et qu'on la menait à l'endroit où elle devait se faire lapider publiquement, et contesta le fondement des accusations des deux anciens sur la base de leurs propres témoignages. Il les interrogea, séparément, en vue de prouver que cette accusation était dénuée de valeur :

Daniel s'adressa donc au premier : "Si réellement tu as vu cette femme, dis-nous sous quel arbre tu les as vus avoir commerce ensemble ?" Le vieil homme répond : "Sous un lentisque". Puis il interroge, à son tour, le second : "Sous quel arbre les as-tu surpris ayant commerce ensemble ?" celui-ci déclare alors : "Sous un chêne vert".

Comme leurs versions respectives ne concordaient pas, alors qu'ils étaient censés avoir été ensemble témoins de cette forfaiture, tous reconnurent en eux des criminels et ils furent jugés et traités comme tels. Suzanne recouvra heureusement sa dignité, par suite, et cette tragédie resta dans les mémoires pour nous rappeler la fragilité de notre capacité de jugement.

- L'histoire de Suzanne est à la fois extraordinaire et bouleversante, mon époux ! Je réalise, avec ce que je viens d'entendre et ce que nous a appris Yohanan, que je mérite de vivre et que j'ai beaucoup de chance de t'avoir connu. J'avais si peur qu'un jour tu ne te réveilles avec l'envie de cracher sur la femme débauchée qu'a voulu faire de moi mon beau-père, même après notre mariage. Mais à présent, je me sens rassurée.

Jonathan se retourne alors vers Sarah, prend ses mains dans les siennes et plonge son doux regard chaleureux, empli d'une belle ferveur, dans le sien et lui dit :

- Sarah, ma femme, ma bien-aimée, si tu savais comme je t'aime, jamais plus tu n'aurais à en douter ! À présent, je veux que tu saches que mon existence n'aurait plus le moindre sens, si je devrais la poursuivre sans toi. Tu es ma sève vivifiante, tu es l'étoile qui en moi brille et guide chacun de mes pas, tu es mon tout, Sarah, tu es ma vie ! Alors, prends confiance et repose-toi sur moi, sans te soucier de m'importuner ni de me déplaire. Je t'aime, ma femme chérie !

Sarah se laisse aussitôt aller à pleurer dans les bras de son époux et, après qu'elle se soit apaisée, ils se couchent tendrement blottis l'un contre l'autre, partageant ce soir le simple bonheur d'être ensemble. La nuit profonde et étoilée qui s'installe alors, maîtresse incontestée à son heure, recouvre toute l'étendue de terre aride et ocre autour d'eux et les trouve ainsi enlacés, complices et si proches !

Sur le chemin du retour, Sarah et Jonathan s'arrêtent effectivement chez le couple qui les avait accueillis de la part de

Josef et qui avait également recueilli Ouria, pour la soigner, en attendant leur retour. Conformément à leur promesse, ils font part à la jeune femme de leur intention de la recueillir chez eux à Béthel, si elle le veut. Celle-ci, reconnaissante mais confuse, leur dit :

- Ne savez-vous donc pas ce que dit la loi à propos de filles comme moi. Les prêtes m'ont condamnée à mort en citant, entre autres, ce terrible passage du livre du prophète Esaï : « Vierge de Sidon, la fête est finie pour toi, tu es une fille violée et, même si tu te lèves et traverses la mer jusqu'à l'île de Chypre, même là-bas, il n'y aura pas de repos pour toi ».

Ils se sont servis de cette parole après avoir signifié à l'assistance que toute femme accusée de mauvaise conduite se déclare innocente, mais que le sage, lui, savait faire la part des choses. Selon eux, je ne mérite le repos nulle part et où que j'aille je n'apporterai que discorde et malheur, selon un autre passage de la Loi qu'ils citèrent à l'assemblée. Et, vous, vous voudriez m'accueillir chez vous, malgré tout? Qui plus est, avant même que Jonathan et Sarah ne lui répondent, la jeune femme s'empresse de rajouter ceci, comme si elle ne pouvait elle-même concevoir une telle éventualité :

- Aucune personne dotée de bon sens ne ferait une telle chose. Ne vous en faites donc pas, vous avez déjà fait tant et tellement pour moi ! Non, je ne veux pas constituer une charge supplémentaire pour vous. Partez en paix ! Je ne vous oublierai jamais.

- Ouria, nous ne craignons guère de faillir à la loi dont la seule interprétation varie parfois d'un prophète à un autre. De plus, nous avons une bonne nouvelle pour toi. A Jérusalem, nous avons rencontré Yohanan, celui-là même qui a connu et suivi Yéshua, le Nazaréen, à travers toute la Judée. Il nous a remis nos fautes, nous a bénis et a demandé que nous en fassions autant avec les autres. Ainsi donc, si nous pouvons en faire de même avec toi au nom de Yéshua, tu ne seras plus cette femme dont tu parles et qu'ils méprisent chez toi, mais notre sœur en Christ !

Ouria écoute attentivement tout ce que lui rapporte alors Jonathan. Elle est tout d'abord stupéfaite et incrédule, mais ses yeux écarquillés d'étonnement s'emplissent bientôt de larmes et une réjouissante lueur d'espoir l'éclaire, toute entière, à mesure que Jonathan s'exprime. Elle accepte alors qu'ils implorent pour elle le pardon de Dieu et déclarent ses fautes désormais remises par Sa grâce et qu'ils la bénissent au nom de Yéshua, fils du Dieu Vivant !

Ouria raconte sa propre histoire à Jonathan et à Sarah, après cela.

Elle était orpheline de mère, sa maman ayant succombé des suites de couches peu après sa naissance. Son père s'était alors remarié, peu de temps après, et sa belle-mère et lui avaient eut d'autres enfants, dont un fils aîné. Celui-ci s'était mis à assaillir Ouria de suggestions déplacées, dès qu'il entra en puberté et commença à prendre ses désirs au sérieux. Parfois, il la menaçait de se plaindre d'elle auprès de leur père en rapportant des vérités purement contrefaites à ce dernier, la concernant. Il s'y prit à plusieurs reprises, mais échoua lamentablement dans sa tentative de discréditer sa sœur auprès du patriarche. Celui-ci l'avait justement remis en place, plus d'une fois, grâce à ses regards sévères et sans appel qui faisaient immédiatement comprendre au malotru qu'il avait tout intérêt à renoncer à une telle attitude.

Malheureusement, leur père était mort un an plutôt et, ce frère, bien que marié depuis quelque temps, se mit à revenir dans la demeure familiale de façon plus régulière et recommença à faire ses avances déplacées à Ouria. Face au refus continuel de celle-ci, il alla la dénoncer auprès d'un prêtre auquel il raconta qu'elle avait tenté de le séduire plus d'une fois et qu'il s'en remettait finalement à la justice divine, par peur de succomber et de tomber en disgrâce auprès de son épouse.

« Ma belle-mère, elle-même, savait que cette accusation était infondée, mais préféra me jeter à la fosse aux lions afin de préserver la réputation de son diabolique fils. Je n'étais et ne resterais que la fille d'une autre, une orpheline de père et de mère qu'il valait mieux sacrifier à l'intérêt général. Comme il s'agissait de son propre fils, de la chair de sa chair, elle m'avoua ne pouvoir faire autrement que de le soutenir, bien qu'elle ne doutât nullement de ma ré-putation.

- Tu vois, ma fille, c'est avec le cœur empli de chagrin que je ne prendrai pas ta défense. D'ailleurs, quelle mère oserait faire une telle chose contre son propre sang ? me questionna-t-elle ensuite, d'un air navré mais décidé.

Aussi, m'accabla-t-elle plus qu'il ne le fallait, prétendant devant tous qu'elle avait dû me rappeler à l'ordre plus d'une fois parce que j'avais une attitude aguicheuse envers d'honnêtes hommes ! Ce à quoi la foule, épouvantée et déjà survoltée, se récria d'une seule voix en un terrifiant « Yéééé… !», formulant ainsi la stupeur teintée de mépris dont ce récit accablant l'avait saisie. Et le fils en rajouta, d'un air presque compatissant, en soulignant qu'il s'agissait tout de même de sa demi-sœur et qu'il ne l'accusait certainement pas de gaîté de cœur !

Voilà, vous savez tout de la femme abominable qu'on m'accuse d'être. Ah, si, j'oubliais ! Les juges, m'ayant demandé de m'expliquer, écoutèrent poliment mes allégations, sans nullement tenir compte de mes propos par la suite. C'est comme si ma parole n'avait pas la moindre valeur et ne présentait aucun intérêt à leurs yeux.

Lorsqu'à la fin de ce simulacre de procès, mes juges me signifièrent enfin ma condamnation et me demandèrent si je trouvais quelque chose de plus déplorable que le crime dont je venais d'être jugée. Sentant alors que je n'avais plus rien à perdre, je me fis un malin plaisir à leur rétorquer ceci : « Oui, honorables juges, votre ignorance, votre suffisance et votre complaisance à vous vautrer dans le mensonge et dans l'hypocrisie !

Vous me condamnez à mort sans véritable preuve, oubliant ceci : il est dit dans **le livre du Deutéronome** que *« Si, au contraire, l'accusation se révèle juste, s'il n'y a pas de preuve que la jeune fille était vierge, on l'amènera à l'entrée de la maison de son père et les hommes de la ville lui jetteront des pierres jusqu'à ce qu'elle meure parce qu'elle s'est conduite de façon infâme en Israël, en ayant des relations sexuelles alors qu'elle vivait encore chez son père. Vous ferez ainsi disparaître le mal du milieu de vous. »,*[9] n'est-ce pas ?

Mais, où donc est votre preuve à vous et comment pourriez-vous seulement la pro-

---

[9] Deutéronome 22 ; (20-21)

duire sans faillir, puisque rien d'autre que la parole de mon vaurien de frère et celle de sa mère, complice de cette forfaiture, ne m'accuse ? Et, comment peut-on seulement prouver qu'une jeune fille n'était pas vierge avant d'avoir eu commerce avec un homme, sinon en l'ayant fait surveiller en permanence auparavant ?» Parmi mes juges, certains s'offusquèrent immédiatement de ce que j'osais les tancer de la sorte, devant tous, tandis que d'autres riaient de façon dédaigneuse et sournoise par-dessous leur barbe. L'un de ceux-ci m'apostropha aussitôt après que j'aie fini de m'exprimer, tout en prenant la foule à partie :

« Quelle insolence ! Quelle audace de la part d'une jeune femme qui clame par ailleurs son innocence ! Voyez donc vous-mêmes et jugez-en si on peut faire confiance à un tel énergumène, la lie de notre communauté, dirons-nous !

J'en atteste devant Dieu, devant vous tous comme devant les sages qui nous ont précédés en rendant une justice aussi équitable et honorable que celle que nous rendons ici, aujourd'hui ! Cette fille-là n'a rien d'une innocente que l'on persécute, jugez-en donc par vous-mêmes ! Bien au contraire, elle a tout de l'exécrable vermine dont notre communauté ne devrait jamais avoir à souffrir ! »

Ce à quoi la foule se récria de plus belle, exigeant ma mise à mort immédiate qui lui fut accordée, presque aussitôt.

On m'emmena dès lors à la sortie de la ville et, si vous n'y étiez pas alors entrés, au moment où ils étaient tous heureux de m'exécuter, je ne serais déjà plus qu'une ombre arpentant les pavées des ruelles de l'au-delà si, toutefois, elles sont semblables aux nôtres.»

- Ouria, fille de Guivéa, réjouis-toi à présent de la grâce lumineuse par laquelle le Seigneur fit que tu sois toujours vivante et laisse ceux qui te persécutaient aux plans obscurs dont ils seront comptables devant Lui. Sois bénie, Ouria, au nom de Yéshua le Christ et, appartiens dès à présent à la vie, sans plus te soucier de cette prétendue culpabilité qui devrait te poursuivre où que tu ailles, que tu sois innocente ou non, dans l'esprit de gens vraisemblablement éloignés de la sagesse divine.

Dieu est lumière et sonde les cœurs les plus obscurs. Il n'est ni dans la violence ni dans la haine !

Il sait tout des mensonges et des ruses des humains et ne pourrait certainement pas te tenir rigueur de ce dont on t'accuse, bien à tort, selon ce que tu viens de nous révéler. Entre donc dans sa lumière maintenant, et purifie-toi de toute pensée pouvant te contraindre à adopter une vie de paria pour avoir été injustement condamnée par les tiens. Relève-toi donc, Ouria, fille de Guivéa, et viens avec nous te reconstruire une existence bien meilleure que celle qui t'attend là-bas.

Sur ces paroles sages et réconfortantes, Ouria pleura longtemps dans les bras de Sarah, à chaudes larmes libératrices, puis elle accepta avec reconnaissance et joie de suivre le couple à Béthel. Elle y demeurera, dès lors, auprès de Jonathan et de Sarah aussi longtemps qu'il le faudra, aidant cette dernière au sein du foyer, en attendant de pouvoir voler de ses propres ailes plus tard.

De retour chez eux, Jonathan et Sarah se contentent de vivre ensemble, sans précipiter les choses sur le plan du contact charnel, en attendant que la jeune femme reprenne suffisamment confiance en elle pour souhaiter aller plus loin dans la relation conjugale.

Un beau soir, alors que l'orage grondait dehors et que le ciel noir de la nuit s'ouvrait régulièrement en d'effrayantes trouées lumineuses, la jeune femme, apparemment apeurée, vint se blottir contre son mari et lui signifia au bout d'un moment qu'elle était prête. Sans lâcher les mains de sa femme, qui serraient fortement les siennes comme pour y puiser force, Jonathan plongea alors son regard dans le sien afin de s'assurer qu'elle désirait réellement s'unir à lui afin de sceller également leur union par la fusion corporelle.

Il faut dire qu'il avait dû consentir à des efforts inimaginables afin de résister à la tentation de faire corps avec son épouse, dans la douce intimité de leur chambre, alors que chaque fibre de son corps, que chaque parcelle de son être en rêvait et la désirait ardemment.

Toutefois, par respect pour elle et ne voulant accentuer le traumatisme brutal qu'elle avait déjà subi sur le plan sexuel, il se contenait du mieux qu'il pouvait et travaillait deux fois plus que de coutume, afin de ne pas laisser son esprit aller à la dérive.

Quand Sarah souhaitait se dévêtir en sa présence, il s'efforçait de se détourner discrètement, voulant éviter qu'elle ne se sente acculé par son regard qui se consumait de désir pour elle, depuis le premier jour où il avait posé ses yeux innocents sur sa merveilleuse personne.

Le brave homme se contentait donc de rêver à ce que serait sa vie entre les bras de sa belle épouse, encore trop fragile pour être sollicitée à cet égard. Ce fut finalement une surprise totale et agréable que lui offrit Sarah, lorsque, un mois environ après leur union et quelques jours seulement après leur pèlerinage à Jérusalem, elle s'approcha de lui et lui fit part de son envie, en toute confiance, sans grand désarroi.

Bien sûr, Sarah était extrêmement émue dans ce moment décisif qui lui révèlerait enfin si elle avait guéri de ce mal existentiel qui s'était emparé d'elle depuis l'abus sexuel dont elle avait été victime de la part de son beau-père et oncle. Bien évidemment, la jeune femme se demandait encore si elle serait en mesure de satisfaire son adorable époux comme ce devait être le cas dans une union normale, sans passif gangrénant. Et, bien entendu, elle appréhendait certainement ce moment, car elle savait qu'il risquerait d'éveiller en elle les horribles souvenirs qui la hantaient encore parfois, sans qu'elle puisse y remédier, la faisant pleurer en cachette.

Cependant, elle se sentait en confiance avec Jonathan, l'homme qui l'avait acceptée dans sa vie, tout en sachant qu'elle traînait avec elle le lourd fardeau du viol dont il tentait de la soulager du mieux qu'il pouvait.

A force d'attention et de patience, il avait réussi à faire comprendre à l'adorable jeune femme, parfois triste, qui partageait son existence depuis peu, qu'il serait toujours là pour elle et qu'il l'aimait par-dessus tout, plus que sa propre vie. De cela, son expérience dans le désert rendait compte, sans le moindre doute !

Jonathan se trouvait donc debout, dans l'embrasure de la fenêtre qu'il venait de clore et s'apprêtait à aller s'étendre auprès de sa jeune épouse, avec la certitude qu'il ne pourrait la toucher de façon intime cette nuit non plus, lorsque celle-ci s'approcha de lui et lui fit part de son intention de devenir sa femme dans tous les sens du terme. Le jeune homme l'observa longuement, bouleversé à l'idée de pouvoir enfin goûter à ce bonheur tant attendu, glissa ses mains autour de la taille fine et gracile de son épouse et déposa un doux baiser empli de gratitude au creux de son cou. Sarah en frémit d'aise, à son grand étonnement et, encouragée, se lova un peu plus contre celui qui lui témoignait une affection sans borne ni commune mesure, depuis qu'ils se sont connus.

Rassuré quant à l'état d'esprit dans lequel se trouvait réellement sa femme après les premières minutes de ce premier contact physique d'une tendresse infinie, Jonathan s'offrit alors à elle bien plus qu'il ne voulut qu'elle se donnât à lui.

Il gratifia de doux et tendres baisers, chaque parcelle de peau dénudée, de façon progressive, imprimant ainsi en sa compagne le véritable sceau de l'amour qui effaçait réellement, dès lors, celui laissé par le mal qui avait pris corps en elle auparavant. Il la combla de caresses d'une indicible douceur, découvrant en même temps qu'elle, le bonheur d'appartenir à l'autre, avec cette joie inouïe qui ne laisse nulle place au doute dans le cœur de ceux qui s'aiment véritablement. Il lui montrait en fin de compte que le corps est un temple à travers lequel l'être devrait être célébré au cœur de l'acte amoureux et, non, bafoué et miné par la vermine.

Pas à pas, tout doucement, Jonathan avait exploré chaque parcelle du corps de sa belle et tendre Sarah du bout des lèvres ; il l'embrassa, la réchauffa de son souffle brûlant de désir et la célébra telle une reine dont les désirs sont souverains. Il se consacra à elle corps et âme, jusqu'à ce qu'il la sente palpitante de désir pour lui, jusqu'à ce que chaque parcelle de son corps appelle ardemment cette fusion de leurs deux corps, tant de fois rêvée et jamais atteinte auparavant. Alors, seulement, se glissa-t-il en elle, dans la chaleur accueillante de son intimité absolument offerte et avide de ce don qu'elle percevait à présent comme naturel et providentiel.

Là où un autre avait planté un dard criminel, lui imprima avec une tendresse infinie les gestes d'amour qui lavent de tout affront, du pire ! Ce fut donc Sarah, elle-même, qui le supplia de faire corps avec elle, après qu'il l'ait tant et tellement comblé de caresses qu'elle en appelait indéniablement à l'ultime étape fusionnelle qui les verrait tous d'eux unis dans un même mouvement, dans un même souffle combiné, dans une même aspiration, en l'espace d'un moment initiatique et extatique ainsi sublimé.

Accrochés l'un à l'autre, à la dérive, perdus dans l'instant passionnel qui fait que deux êtres ne s'appartiennent plus, l'un et l'autre, mais chavirent indéfiniment dans les eaux tumultueuses du plaisir, dans un fragment de temps qui, ne dure que quelques secondes, tout en leur offrant une belle vision d'éternité, Jonathan et Sarah se découvrent encore et encore. Le ciel était toujours blême, sous l'effet du déchaînement des éléments qui le pourfendaient alors de part en part.

Bien étrangement, néanmoins, au moment où, repus et alanguis mais malgré tout désireux de préserver ce qu'il leur restait de ce moment merveilleux de complicité, ils finirent par se blottir l'un contre l'autre avant de sombrer dans un sommeil bienfaisant, l'orage se tut tout à fait, laissant Béthel respirer de quiétude à nouveau.

Le lendemain, Jonathan, réveillé de bonne heure, contemple son adorable épouse encore endormie. Il l'admire silencieusement comme s'il n'en revient pas de la chance qu'il a de pouvoir se réveiller chaque jour aux côtés de la créature la plus éblouissante et la plus douce qui soit. Ses yeux, brillants d'une admiration sans borne l'enveloppent inlassablement d'un océan de tendresse qui révèle le ravissement qu'il éprouve rien qu'à la pensée de se trouver là, avec elle, jouissant d'un si grand privilège !

Le désert et les douloureuses heures d'angoisse qu'il y a noyées sont à présent bien loin de cette félicité qui transporte tout son être dans les sphères immatérielles d'un bonheur sans pareil. L'homme sourit, émerveillé et tout engourdi de tant de joie affluant en lui par vagues continues qu'il peut à peine contenir. Soudain, la jeune femme cligne des yeux, doucement, dans un mouvement de réveil progressif. Bien qu'elle soit encore un peu étourdie de sommeil,

Sarah sourit également à la vue de son époux qui la dévore des yeux et glisse vers lui pour se blottir dans ses bras chaleureux et réconfortants, qui semblent faits pour l'accueillir à toute heure.

- Jonathan, mon Amour, mon cher et tendre époux, cette nuit tu m'as lavée du terrible affront qui minait mon existence, du doute et du pire ! Sois-en infiniment remercié, lui avoue-t-elle alors d'une voix, douce et pénétrante, fortement chargée d'émotion.

- Sarah[10], mon Amour, ma Princesse, unique en mon cœur tu es, unique dans ma vie tu es ! Aucun mépris à ton encontre ne m'éloignera jamais de toi ; aucun doute, aucune épreuve, même celle qui me verra dans la tombe, n'effacera ce que tu es pour moi car, éternelle étoile, tu brilles à jamais dans mon esprit. Et, où que j'aille, avec moi tu seras, en pensée, perle rare de l'amour qui infiniment m'honore et me comble d'une si grande félicité !

---

[10] Sarah signifie effectivement princesse en hébreu comme en arabe.

- Je mesure ma chance de t'avoir pour époux, de pouvoir compter sur toi et de renaître enfin dans tes bras. Cette nuit, je suis véritablement devenue ta femme et je te remercie de m'avoir fait un tel honneur, toi le plus tendre, le plus beau, le meilleur compagnon et ami dont femme puisse rêver sur cette Terre. Je t'aime tant, Jonathan.

- Mais comment ne pas t'aimer Sarah !

« Tu es le Soleil, tu es l'aube
Tu es la douceur tu es la brise
Qu'en moi jamais rien ne brise
Tu es celle qui me sauve
De l'ennui, du pire
Je t'aime comme un fou
Je t'aime comme un roi
Qui n'accepte d'être gueux
Que porté par la chance de t'avoir,
Fidèle compagne, affermie à sa joie !
Je t'aime comme la Terre
Qui chaque jour languit après le Soleil
Je t'aime comme le feu sans pareil
Qui brûle sans cesse et jamais ne blesse !
Je t'aime comme l'Océan profond
Qui s'ingénie dans ses tréfonds
A t'inventer un univers fécond
Riche, émouvant, si magique,
Beau et féérique parce que tu es unique !
Je t'aime tant, ma douce Sarah,

Parce que toi,
Unique en moi, toujours, tu seras ! »

Telle est la chanson qui jaillit alors spontanément des lèvres de Jonathan, ce jour-là, pour sa belle Sarah, émue à en perdre le souffle, à l'écoute de chacune de ses mesures qui la bouleverse et ravive en elle la flamme incandescente de leur si merveilleux amour !

- Béni soit le Ciel pour tant de bonheur… parvient-elle enfin à murmurer avant qu'il ne l'emporte à nouveau dans une belle danse de volupté, pour y noyer son être et le sien, au cœur des douces et affolantes nuées du plaisir jaillissant de leurs ardeurs renouvelées, dès lors, au nom de l'amour.

Au cours de la nuit qui s'ensuivit, Sarah rêva à nouveau de l'homme sans visage qui la traquait une fois de plus à travers une foule aveugle et sourde à son désarroi. Mais, brusquement, au lieu de continuer à fuir devant l'inconnu qui semblait prendre un plaisir manifeste à la persécuter de la sorte, la jeune femme arrêta la folle course qui finissait par la laisser sans souffle au réveil. À sa grande stupéfaction, elle fit soudainement volte face, leva les bras en croix et s'adressa à son poursuivant en disant : « Vous me voulez, me voici… ! », avant même que ce dernier ne réalise ce qui se passait.

Le visage de Sarah irradiait alors comme si elle était transfigurée sous l'impulsion d'une force souveraine et irrésistible.

L'homme, dès lors décontenancé, contre toute attente, se jeta promptement à genoux, aux pieds de Sarah, la tête baissée et le torse voûté, et planta la pointe de son sabre dans le sol avant de finir par avouer d'une voix affaiblie, à peine audible : « Sarah, ma belle Sarah, je t'ai tellement recherchée, tant convoitée… ! » Sarah se baissa alors vers l'homme, lui prit les mains et lui murmura ceci : « Va et sois en paix ! Je ne te crains plus ; je ne t'en veux plus ! » La jeune femme se réveilla cette fois en paix, sereine, sans la moindre trace d'angoisse avant de se rendormir, un large sourire aux lèvres, pour se réveiller fraîche et plus belle que jamais le lendemain.

Une nouvelle vie, bien plus épanouissante s'offre dorénavant à Jonathan et à Sarah qui rayonnent de tant de joie, qu'ils en intriguent bientôt l'entourage qui s'interroge naturellement sur ce qui peut bien être à l'origine d'un tel revirement. Le couple sage et discret qu'ils connaissaient semble avoir acquis, en peu de temps, une sérénité et une joie de vivre qui transpirent à présent à travers chacun des faits et gestes, des paroles comme de la présence de l'un ou de l'autre, toujours aussi admirable !

Certains se demandent même si la jeune épouse ne serait pas déjà enceinte, ce qui pourrait effectivement être à la source d'un bonheur qui transparaît avec un tel éclat, de façon si soudaine.

Mais, en réalité, Jonathan et Sarah ne cherchaient pas particulièrement à faire étalage de leur joie de vivre. Toutefois, comme on ne saurait dissimuler un diamant dans la nuit en espérant qu'il cesse de briller, leur joie éclatait à la face de tous, telle un joyau scintillant de tous ses feux posé sur un bel écrin, sans qu'ils puissent l'empêcher d'être selon sa nature propre.

Depuis ce fameux jour, Sarah se mit à se répandre en éloge pour le Dieu d'Israël qui l'avait secourue et comblée au-delà de toute espérance face aux terribles épreuves qu'elle avait dû endurer. Elle inventait nombre de cantiques chantant sa gloire et sa bonté et les chantait quotidiennement dans l'enceinte de sa maisonnée, tout en s'activant autour des tâches ménagères qui l'occupaient la plupart du temps.

Aussi, les heures qui la séparaient du délicieux moment où elle se retrouverait en présence de son bien-aimé, s'écoulaient-elle dans la joie et dans l'expectative d'un avenir prometteur. Certains, attirés par la magnificence de ses chants portés par sa voix délicate aux vibrations mélodieuses et saisissantes, s'arrêtaient parfois pour s'en imprégner, de l'autre côté de la clôture de sa demeure. Bientôt, le bruit courut qu'elle composait et chantait comme personne des hymnes dédiées à la gloire de l'Eternel.

Ainsi, naquit la réputation de Sarah, la sublimissime cantatrice de Béthel, sans que nul autre que son époux ne sache d'où lui venait en vérité ce désir profond de célébrer le Très-Haut en toute chose pour ses bienfaits.

Grâce et émerveillement auréolèrent dès lors l'habitation de ce couple, manifestement, hors du commun dont la discrétion et l'humilité n'avaient d'égales que la grandeur et la bonté car, jamais, nul ne les entendirent se prévaloir d'aucun haut fait, ni dédaigner autrui !

Un jour, tôt le matin, alors que Jonathan passait la journée au champ avec les ouvriers de son père, Sarah se rendit chez ses beaux parents auxquels elle porta des galettes de miel et d'amandes. Ils la remercièrent tous deux, puis le père de Jonathan s'éclipsa et laissa les deux femmes discuter de choses et d'autres, en tête à tête, dans la cuisine.

Des ustensiles en bois, suspendus au mur, y côtoyaient des marmites en terre cuite posées à même le sol ou sur une table basse. Le sol rouge ocre, également dallé à base d'un mélange d'argile et de terre, affichait une propreté impeccable et quelques meubles en bois massif témoignaient de l'aisance des maîtres des lieux.

Sa belle-mère commença par bénir Sarah :

- Ma fille, c'est un grand honneur que tu nous fais de venir nous rendre visite de façon si aimable ! Que le Dieu d'Abraham, de Jacob et d'Isaac te bénisse infiniment, qu'il bénisse et protège ton foyer afin que mon fils et toi jouissiez d'une vie des plus agréables ! Puis elle s'approcha de sa belle-fille, prit un pan de son propre voile qui descendait derrière l'une de ses épaules et lui essuya le visage comme pour en écarter la poussière, témoin de la longue marche qu'avait effectuée la jeune femme pour venir jusqu'à eux.

- Soyez bénie ma Mère, tout comme tout ceux que vous aimez ! Que votre demeure et vos pas soient à jamais bénis du Très-Haut ! s'exclama alors Sarah en se jetant aux pieds de Myriam, la mère de son époux.

La mère de Jonathan la releva et la serra tendrement contre son coeur, puis la pria de s'asseoir à côté d'elle sur un tabouret en bois, souvent utilisé en cuisine, et lui offrit une calebasse de jus de tamarin frais. Une fois que sa belle fille se fut désaltérée, Myriam l'interrogea gentiment, comme toute belle-mère soucieuse de savoir si l'éducation qu'elle avait prodiguée à son fils se traduisait en bien dans sa vie conjugale :

- Ma fille, Jonathan te traite-t-il comme il se doit ?

- Bien plus qu'une femme puisse le rêver de la part de son époux, ma Mère ! répondit sincèrement Sarah, en levant les yeux au ciel comme pour rendre grâce de la teneur des propos qu'elle tenait là.

- J'en suis fort heureuse, bien que je n'en eusse jamais douté, et vous souhaite à tous deux tout le bonheur possible ! Ta douceur et ta générosité constituent le fondement de ton foyer. La bonté et la sagesse de mon fils trouvent certainement un bel élan dans la quiétude que tu lui offres et qui est indispensable à son épanouissement. Sois-en remerciée et que le Ciel te bénisse abondamment, ma fille ! ajouta encore Myriam.

- Soyez infiniment bénie, ma Mère ! répondit en retour Sarah, véritablement touchée par tant de sollicitude à son égard de la part d'une autre femme que sa propre mère. Les deux femmes devisèrent longtemps encore, tout en écossant des graines de sésame ou en effectuant une tâche du quotidien ou une autre.

Ainsi, à l'heure où le soleil supplante toute chose à la surface de la terre et darde puissamment tous ses rayons vers ses habitants, le repas fut-il prêt, sans qu'elles aient arrêté de s'entretenir sur maintes choses de la vie courante. Un agréable fumet montait des deux casseroles encore sur les foyers d'argile d'où Myriam venait de retirer quelques morceaux de bois afin de maintenir leur contenant au chaud, à feu doux.

La vie poursuivit son cours et apparut enfin à Jonathan et à Sarah dans une forme de normalité, au fil des mois qui les éloignaient résolument de l'épisode tragique durant lequel ils firent face à l'inacceptable vérité, celle qui les avait, tous deux, tant éprouvés.

Fort heureusement, Sarah donna naissance à un fils doté du physique avenant de sa mère, de la vigueur de son père et jouissant d'une bonne santé perceptible au regard, un an plus tard, conformément aux prédictions de Yohanan. Jonathan et Sarah nommèrent leur premier-né Nathanaël, en souvenir de leur rencontre providentielle avec le mystérieux disciple de Yéshua à Jérusalem.

Un mois plus tard, Yohanan offrit une fête en l'honneur du baptême de leur premier né, Nathanaël. Mais il réservait également-ment une surprise mémorable à son épouse qui l'avait comblé au-delà de toute attente avec la naissance de cet enfant, fruit de cette belle renaissance qu'elle et lui avaient réussi à enclencher, malgré les désillusions et le désespoir qui manquèrent de les anéantir.

Lors de cette cérémonie, les tambours laissaient s'échapper de puissantes vibrations mélodieuses sous les mains expertes des musiciens s'élevant et se rabattant avec entrain et recueillement de part et d'autre de la scène aménagée dans la cour.

Les sonorités à la fois métalliques et liquides des cithares s'envolaient en notes agréables et vivifiantes, rejoignant celles saisissantes et profondes que lâchaient les percussionnistes avec une belle frénésie contagieuse.

La chanteuse de la troupe engagée afin de distraire les invités s'approcha de Sarah, s'inclina respectueusement devant elle et, tendit une main dans sa direction, tout en invitant de l'autre l'assistance à être témoin de ce qui allait s'en suivre. Après s'être assurée qu'elle avait bel et bien captivé l'attention de tous, elle remua doucement ses lèvres d'où s'échappèrent harmonieusement les paroles d'un poème d'amour absolument émouvant, sur un air mélodieux que venaient soutenir, par intermittence, quelques salves de tambours bien ajustées.

« Sarah,
Tu apparais et éclipses le reste
Dans le jour qui nait le soleil s'en hérisse et atteste
Que tu es bel et bien
Celle qui scelle le lien et détient
La clé, les secrets de mon cœur !

Tu es ma vie, Sarah,
Tu es ma joie !

Moi je n'avais rien vraiment
Qui vaille qu'on s'y arrête un instant
Mais avec toi, depuis, j'ai tant et tellement
Que je béni le Ciel infiniment
Pour la grâce de toi, reconnaissant !

Tu es ma vie, Sarah,
Tu es ma joie !

Tu es l'amour fait femme
Tu es la joie qui jamais n'affame
Tu es la source où s'apaise ma soif
Tu es ma vie, tu es mon âme !

Le jour t'habille de toute sa douceur,
La nuit de toute sa tendresse
Et le ciel t'anime d'une noble sa-
gesse,
Quand la terre te pare d'une grande
ferveur !

Plus qu'une simple femme
Tu es celle qui fait chanter mon âme
Plus qu'une parmi mille autres
Tu es la grâce dont ma vie se re-
hausse

De trésor je n'en vois d'autres
Hormis toi, si belle en tout
Car ta présence est grâce toujours
Et je bénis le Ciel, sans faute,
Pour   l'honneur de t'avoir pour
femme,
Ma Sarah !
Tu es ma vie, tu es ma joie ! »

Puis, la cantatrice conclut en précisant qu'il s'agissait d'une *Chanson pour Sarah, de la part de Jonathan, écrite par celui-ci pour son épouse bien aimée*, au milieu de l'acclamation soutenue et à tout rompre qui jaillit alors spontanément parmi l'auditoire.

Dès que la voix sensuelle et profonde de la cantatrice s'était élevée par-dessus celles de l'assistance, égrenant ces mots d'amour à son intention, Sarah sentit les larmes lui monter aux yeux. Elle tenta vainement de les refouler mais, éclata finalement en sanglots, au beau milieu de la prestation de la musicienne. Pendant un moment, elle dût cacher son beau visage dans les plis du voile fin et transparent qui auréolait majestueusement son abondante chevelure, le temps de se ressaisir, submergée par une émotion si vive et si prenante, qu'elle en tremblait quasiment.

Sarah songeait néanmoins à remercier les musiciens et surtout son cher époux, après avoir retrouvé un peu de ce calme rassurant qui la caractérisait habituellement, sans pour autant parvenir à émettre le moindre son.

Toutefois, Jonathan, voyant le trouble de sa femme en présence de tous ces gens, réalisant par ailleurs qu'elle avait besoin de reprendre ses esprits, se leva, une jatte de vin à la main, puis s'exprima ainsi :
- Mes chers amis, buvons à la santé de Sarah, mon épouse bien aimée, dont je salue aujourd'hui devant vous tous la bonté, la grâce et l'humilité ! L'heureux époux avait pris soin de ne pas rajouter la beauté à cette liste de qualités déjà remarquables afin de ne pas plonger dans un trouble plus grand celle à laquelle elles revenaient.

S'approchant alors doucement de Jonathan, le visage encore mouillé de larmes et ne pouvant décidément plus s'empêcher de pleurer, Sarah lui dit à l'oreille d'une voix entrecoupée de sanglots :

- Merci mon « Aimé » ! Que Dieu te bénisse infiniment, toi qui fit de moi une reine alors que je n'étais plus que ruine ; toi qui me chéris et m'honores en toute circonstance depuis que nous sommes unis. Je t'aime tant, Jonathan !

La jeune femme était à la fois si heureuse et si bouleversée par ce geste d'amour, qu'elle ne voulait pas attendre le départ des invités avant de remercier son époux, brave parmi les braves, juste parmi les justes, si tendre et si aimant, toujours ! Jonathan était le seul à savoir tout ce que comportaient ces larmes de joie et de peine entremêlées. Il reconnaissait à travers elles le désir de son épouse de rendre grâce pour tout ce bonheur qu'elle ne pensait plus pouvoir connaître un jour et dont elle jouissait, malgré tout, en fin de compte.

Il partageait absolument son émotion et tenait à le lui faire savoir. Aussi, s'extasia-t-il spontanément, dans un élan amoureux qui n'avait alors que faire des conventions :

- Sarah, ma bien-aimée, mon âme, ma vie, si tu savais comme je t'aime…osa-t-il lui avouer alors, devant tous, heureux de voir son épouse si émue, pleurant de joie.

L'assistance, charmée et admirative, observe avec une ferveur quasi religieuse ce couple amoureux dont le bonheur était si éclatant en cet instant mémorable. Et, lorsque les convives présents voient le regard de Sarah rejoindre celui de Jonathan et s'y perdre infiniment, comme une vague retourne inexorablement à l'océan, chacun d'eux sait que derrière la chanson pour Sarah qu'ils viennent d'entendre ce cache une autre qui ressemble plutôt à celle-ci :

Ivresse[11]

As-tu déjà dansé sur les ailes du désir,
Submergé(e) par les salves du plaisir,
Emu(e) à en perdre le souffle,
Les lèvres murmurant les noms de l'amour
Qui t'emporte sur son tumultueux navire
Pour te perdre un peu plus, toujours,
Dans l'espace intemporel où chavirent
Tes sens qui ne t'obéissent plus alors
Et t'invitent au rêve bien réel, à bord,
Pour t'offrir sur cette terre de chimères
Un rien du doux parfum d'éternité
Qui brûle sur le feu de la belle et brute vé-
rité,
Et s'imprime en ton misérable être
Comme pour mieux te faire renaître
A la joie et à la vie par la beauté ?
As-tu déjà valsé, léger comme dans les airs,
Emporté par l'élan intuitif qui de tout li-
bère,

---

[11] « **Ivresse** » est le titre de l'une des chansons que délivre le héros de « **Elle** », l'ode à la femme ou hymne à l'amour d'Eurydice Reinert Cend

Fier(ère) dans l'ivresse extatique, gracieux (se)
Tels les majestueux maîtres des cieux ?

Mais cette chanson-là, probablement trop osée pour l'époque, Jonathan la gardera pour lui et seuls ses yeux en trahiront une moindre substance qui interpellera pendant longtemps encore ceux qui ont eu la chance de vivre ce moment privilégié en leur présence.

Il la déclinera souvent de façon émouvante et gracieuse pour sa belle Sarah tout au long de ce qu'il reste de leur merveilleuse existence, à travers des ballets amoureux dont eux seuls connaissent et détiennent les chorégraphies.

Dans la discrétion de leurs échanges passionnés, entourés du voile mystérieux du secret partagé qu'ils sont seuls à transcender, portés par le noble et majestueux amour qui les unit, Jonathan et Sarah sont à l'aube des temps nouveaux qui laissent déjà préfigurer l'éveil d'une conscience collective plus juste. Celle qui verra la femme se relever de plusieurs millénaires d'une existence servile, dans une réelle exploration des mille et une opportunités qui lui sont offertes pour véritablement jouir de la vie, au point de souhaiter l'exalter en toute chose comme Sarah, depuis qu'elle a pu renaître à la joie de vivre par l'amour.

Chacun de leurs invités sait dès lors, en son for intérieur, que ces deux-là sont faits l'un pour l'autre et qu'ils font partie de ces rares privilégiés qui ont pu rallier très tôt le chemin de vie potentiellement exaltant qu'est le leur. Beaucoup arpentent pourtant de nombreuses voies sans jamais vraiment aboutir à la leur, peut-être parce qu'ils privilégient les choix apparemment faciles à ceux qui, bien que moins évidents, leur permettraient néanmoins d'aboutir à une existence des plus édifiantes et des plus fécondes !

Malheureusement, les difficultés font souvent fuir la plupart des gens, là où la vie exige de nous que nous tenions debout face à l'adversité, non pas seulement pour faire preuve de bravoure, mais aussi parce que les circonstances l'exigent pour un aboutissement qui n'apparaît pas toujours de façon évidente.

Pourtant, ce Jonathan qui honore aujourd'hui son épouse en présence de tous lors du baptême de leur fils a prouvé par sa constance et par sa grande sagesse que le bonheur se mérite aussi ; que s'est en allant au bout de soi-même, parfois au prix de sa propre vie, qu'on peut prétendre au bonheur véritable, et non pas, toujours, en suivant la tendance qui prévaut ou bien l'opinion du grand nombre, en vue de mieux se soustraire à sa propre conscience.

Cet homme extraordinaire ne dit-il pas, en définitive, malgré le silence qui entourera toujours sa quête que : la vie est déjà une fabuleuse chance en soi et que, pour la voir se démultiplier et la rendre exaltante, savoir prendre des risques s'avère également inévitable ?

Le couple se lève peu de temps après ces échanges émouvants et, se retire de l'assistance encore en fête, afin de se retrouver dans l'intimité de la chambre conjugale, bien plus propice aux transports amoureux dont ils furent alors joyeusement saisis. Bien d'autres enfants suivront, au fil des années, et viendront enrichir leur chaleureuse maisonnée.

Nulle malédiction ne viendra troubler désormais le cours de l'existence de ce couple brave et méritant, qui aura su tordre le cou au funeste destin qui eût pu être le sien si l'amour n'avait pas été le plus fort dans le combat singulièrement éprouvant qui fut le sien.

L'amour a vaincu là où l'obscurité étendait ses filets, par-delà les vaines tractations et considérations des humains asservis à des préceptes parfois rigides et assommants. La sagesse née du noble et bel amour d'un homme pour celle qui lui importe plus que tout donna l'impulsion nécessaire à la survie et à la renaissance de leurs deux personnes au cœur d'une existence réjouissante et exaltante, bien que modestement vécue au grand jour et toujours célébrée avec ferveur.

L'histoire de Jonathan et de Sarah est celle d'un homme et d'une femme qui invitent tout un chacun à sortir des épreuves de la vie toujours plus grand et plus fort, humblement, mais néanmoins décidé à saisir chaque opportunité qui le portera vers le meilleur de la vie, vers le Bien Suprême que recèle chaque être humain, en dehors des tares, des complexes ou des condamnations dont peuvent l'affubler les jugements accablants et affligeants de ses pairs.

Fin

Chers lecteurs, je souhaite également à chacun d'entre vous de vivre heureux, au nom de l'Amour, riches de donner et d'être portés par l'amour. Car alors, seulement, serez-vous véritablement riches de l'essentiel et non des vaines flammeroles de gloire qui éblouissent tant de gens, de jour comme de nuit, sous les feux trompeurs des chimériques et séduisants phares qui ne brillent que pour mieux égarer le plus grand nombre.

Bien amicalement,
Eurydice Reinert Cend

Dépôt légal : novembre 2009
© Euryuniverse éditions
www.euryuniverse.net